絶体絶命のピンチをしのぎ切り、ギリギリのチャンスを活かし転生者同士の戦いを制したトール。しかし束の間の休息も、樹海で魔獣に襲われる冒険者たちを救出したことで終わりを告げ、再び戦いの渦中に飛び込まざるを得なくなる。

冒険者たちの動向を探る近隣の町の領主一団が、トールたちが拠点を構える樹海へと侵入し、あろうことかワフを連れ去ってしまったのだ。

攫われたワフを救い出すため、トールはクレナクレムで初めて人々の住む町へ向かうことになった。
辿り着いた町・ゼニディアで領主・ゼニドーの屋敷に潜入したトールたち。そこに待ち受けていたのは、特務騎士と呼ばれる国家最強の騎士団のメンバーだった。

特務騎士・ルファスと対峙したトールは、残る魔力を振り絞り、召喚モンスター・虎人の大剣士を強化させて共に立ち向かう。しかし、まさに死闘と呼べるその戦いは、思いもかけない幕切れを迎えたのだった。
命懸けの戦いを終えたトールを、ひと足先に屋敷を脱出したエミルやゼド、そして救出されたワフが笑顔で出迎えた。

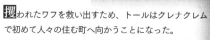

登場人物

トール（柳木透）

人間／転生者
クレナクレムに転生した日本人。半ば引きこもり気味の生活を送っていたが、根は正義感が強く、生命力も決して低くはないためこの世界でも生き延びている。共に死線を乗り越えた仲間を得て人見知りも克服中。

ワフ

聖霊／犬耳娘
セルエノンから遣わされた、トールの持つデッキケースの守護聖霊。幼女の見かけによらず、知識も豊富で実務能力も抜群なのだが、自分の戦闘力も顧みず率先して戦闘に参加しようとするのがトールの悩みの種。

エミル

人間／元村娘
村を襲撃した盗賊団に攫われたが、ゼドの助けを借りて脱出。しかし逃亡途中にコボルトに襲われゼドともはぐれ、行き倒れかけたところをトールに救われた。早くに両親と死に別れ、天涯孤独の身の上。

ゼド・ガルトマン

人間／元王国騎士
代替わりした当主との確執によって、違法奴隷として売られ、盗賊団で虐げられていた。いまは呪術による拘束も解け、トールと行動を共にしている。強い精神力で武力を高める「気功」の使い手。

CONTENTS

プロローグ

ゼニディアの町での激闘を経て、樹海の砦《とりで》に戻ってきた。武骨な砦を見て、自然と「帰ってきた」と思えたことに驚きだ。いつの間にかここが、俺の家になっていたんだろう。

そんな、家に帰ってきた俺たちがまず向かったのは、自らに割り当てられたベッドであった。

激戦が続いたうえに、砦まで強行軍で逃げてきたのだ。誰もが疲労困憊《こんぱい》だった。

特にジェイドは自力で立っていられないほど弱っており、眠るというよりは昏睡《こんすい》に近かった。表面的な傷はポーションで治っても、内部のダメージは完全に癒《い》えてはいなかったらしい。

平気そうにしていたのは、娘であるマリティアに心配をかけたくなかったからだろう。

ワフの見立てでは、翌日に聖《せい》なる泉《いずみ》の力を使っていなければ、しばらく寝たきりでもおかしくはなかったらしい。

ああ、ずっと捕まっていたワフだけは元気だが。あいつ、捕虜《ほりょ》になっておきながら、美味《うま》いもの食べてフカフカのベッドでグースカ寝てやがったらしい。俺たちが泥のように眠る中、見張りや食事の準備をしてくれていたので、許してやるけどな。

それから数日は、だらだらのんびりと休養することができた。ジェイドたちにこの世界の話を色々と教えてもらったり（勿論《もちろん》、自分の素性は明かさずだ）、数体のモンスターを召喚《しょうかん》したりもした。

緑魔力を生み出してくれるシルバーシープに、コボルトの探検家《たんけんか》、コボルトの狙撃弓兵《そげききゅうへい》。

そう。コボルトだ。クレナクレムにおいてコボルトは、凶悪で好戦的な魔獣として忌《い》み嫌われている。エミルやマリティアが怖がるかもしれないのだ。一応、大丈夫かどうか尋ねて、平気だという言葉を貰っていたんだが……。


「きゃー！」

「いやー！」

コボルトの探検家を見た二人の反応がこれだ。

「やっぱりダメだったか？」

「か、可愛いですねっ」

「はい！」

大丈夫でした。悲鳴ではなく、黄色い歓声だったらしい。

コボルトの探検家は、身長一二〇センチほどの二足歩行のイヌである。因《ちな》みに、探検家のモデルは黒マメ柴だ。確かに、可愛かった。異世界の女子にも、そんなマメ柴の魅力は伝わったらしい。

その後、コボルトの狙撃弓兵も、同じように二人に受け入れられていた。こちらはビーグル犬のコボルトだ。どちらかと言えばエミルは探検家。マリティアは狙撃弓兵が好みであるらしい。まあ、どっちも可愛がられているから、あくまでもどちらかと言えば、であるが。

そして、俺たちが砦に帰還してから四日後の早朝。静養したおかげで調子を取り戻した俺たちの元に、町で情報収集をしていたトビアが駆け込んできたのだった。

「た、た、大変だっ！」

第一章

「た、た、大変だっ！」

「トビア。そんなに慌ててどうした？」

「ち、血だらけではないですか！」

汗だくの姿を見るに、相当な強行軍で樹海を抜けてきたのだろう。道中で魔獣とも遭遇したらしく、全身傷だらけである。

「緊急に、伝えなくちゃいけないことが……」

「分かった。ただ、その前に傷を癒やさないとダメだ。ワフ、何か飲み物を」

「は！　ワフにお任せくだされ、主《あるじ》！」

「わ、私もお手伝いします！」

ワフとエミルに軽食の用意を頼み、俺はゼド爺《じい》さんと協力してトビアを泉に連れていった。何をされるのか分からず目を白黒させていたトビアだったが、自分が泉に放り込まれようとしていると理解すると、抵抗し始める。いや、抵抗というよりは、説明を求める感じだったか。だが、言葉で教えるよりも、実際に体感させる方が手っ取り早い。

「せーの！」

「うわぁぁ！」

泉に叩き込まれたトビアは、最初は「何するんでさぁ！」と狼狽《ろうばい》していたが、全身の傷が綺麗《きれい》に治ったことに気付くと驚きのあまり固まってしまった。そして、最後には微妙な表情で「ま、まあ、旦那方ならこんなこともありますか」と呟《つぶや》いていた。ジェイドと同じ反応だ。

その後はトビアを着替えさせて、その報告を聞く。

さすが冒険者なだけあり、現在の町の状況を正確に調べ上げてきてくれていた。

「まず、最も重要な情報があります」

「なんだ」

「……領主の野郎が殺されました」

「何！　いつのことだ！」

なんと、俺たちが脱出した翌日には、屋敷の地下にある隠し部屋で、斬殺された領主の遺体が発見されていたらしい。

「下手人は分かっておるのか？」

「それが、どうも皆さんの仕業《しわざ》にされちまったようでして」

多分、白のカード使いが召喚したと思われる、天使たちの仕業だろうな。明らかに領主館を狙い撃ちにしていた。奴らの目標は領主だったらしい。

「特務騎士殺しについては完全に隠蔽《いんぺい》されています」

「で、その代わりに領主を殺したことにされているってことか」

「はい。手配書がこれです」

「うーん……。酷《ひど》い出来だな」

「そうですか？」

ただでさえ印刷技術がないうえに、大急ぎで作らせたせいで、手配書に描かれた顔は落書きレベルだった。絵師に無理して描かせたのかね？　これが何十枚か、町の主要施設に配られたという。

一応、黒髪黒目の特徴は分かるが、他は俺とは似ても似つかない。というか、この世の誰にも似ていないだろう。しかも、手配書の絵には狼のような耳が付いていた。どうやら、ワフの仲間なら獣人に違いないという思い込みがこうさせたようだ。俺の単独犯という扱いである。

「間違いばっかだな。これで、俺に辿《たど》り着くのは無理なんじゃないか？」

「それなんですが……。手配書はあくまでも保険で、本命は山狩りのようです。樹海に兵を差し向けるつもりのようでして」

「俺を捜すためか？」

「そうです」

領主の配下なんぞクズばかりだと思っていたが、一応忠義心っぽいものを持った人間がいたらしい。ガメッツという、領主の配下で最も腕が立つという騎士である。領主の剣の師匠でもあり、若い頃から領主を可愛がっていたらしい。その弟分のような領主を殺され、相当怒っているようだ。町の巡回兵の数を削り、冒険者の中でも素行の悪い者たちに金をばらまき、戦力を短期間で集めたというのだから、その行動力は大したものだ。

「五〇人規模の山狩りです。しかも、今回は相当執念深く、探索を行うでしょう」

「確実にここまで辿り着かれそうだな」

「そ、それはマズいではありませぬか！」

そう、非常にまずい。トビアがここに来るまでに一日はかかっている。下手したらその捜索隊が出撃していてもおかしくはなかった。俺が手配されたというのは構わない。覚悟はしていたし、この人相書きで辿り着かれるとも思えないからだ。

問題は、大人数の追撃隊が派遣されるということだろう。

「追い返してやりましょうぞ！」

「私も戦います。盗賊たちみたいに、やっつけてやります！」

ワフとエミルは戦意が高いが、俺はそれで事態が解決するとは思えなかった。それはゼド爺さんも同じであるらしい。

「いや、そう簡単な話ではないぞ」

「どういうことですかジジ殿？」

「盗賊どもの場合、あれ以上に増えることはあり得んかった。だが、今回の場合は違う」

そうなのだ。相手は町の権力者。何度追い返しても、向こうが諦めなければ兵士を補充して、何度でも攻めてくるだろう。どこかから援軍を連れてくる可能性もある。騎士団や傭兵《ようへい》団、冒険者と、考えられる戦力はいくつもあった。

「相手は貴族に連なる者。しかも理由が復讐《ふくしゅう》となれば、そうそう諦めることもあるまい」

早々に引けば、面子《めんつ》も潰れるしな。復讐心と面子。これはなかなかにしつこそうだ。

「で、では、どうするのです？」

「儂《わし》は、拠点を移すべきだと思う」

「そ、そんな。ここを捨てるってことですか？」

「うむ。一度ここを発見されてしまえば、後は後手に回り続けるだけだからな。まさか、町を滅ぼすわけにもいくまい？」

「ぐぬぬ……。それは確かに」

「そう、ですね……」

ワフたちも、爺さんの言葉で納得したようだ。俺も大筋は賛成である。意地を張って戦い続けたところで、消耗《しょうもう》するだけだろう。それに、元々トビアたちが移住するという村に興味があったのだ。

だが、問題がいくつかあった。まず、この拠点を残すかどうか、決めなくてはならない。石兵《せきへい》とミミック・トレントを残しておけば、維持はできるだろう。魔獣の一、二匹程度はどうにかなる。

ただ、今後ここを領主の部下に発見されたら、占拠されてしまう可能性が高い。石兵だけでは、どうにもならないだろうし、盗賊が拠点にすることなども考えられる。

勝手に使われるだけならともかく、土地を奪われることは避けたかった。ここもそうだし、暗黒《あんこく》精霊《せいれい》の鎮《しず》め祠《ぼこら》も放置していたらどうなるか分からない。

「となると、頼りになりそうなのはこいつかね？」

俺は手札から一枚のカードを取り出した。

オルタの牛人《ぎゅうじん》の頭領《とうりょう》　モンスター：ミノタウロス
緑５　２／４　Ｒ《レア》
■再生（緑２）、毎日、ミノタウロス・ワーカーを生み出す。あなたのフィールドに存在できるミノタウロス・ワーカーは一〇体までとする。

※ミノタウロス・ワーカー　1／2

毎日、配下のミノタウロスを生み出すことができる強力なカードだ。こいつに、ここと祠を守らせればいいのだ。

強力な敵に砦を奪われても、オルタの牛人の頭領さえ残っていれば樹海の中で戦力を調え、再び奪い返すことも可能だろう。自分たちで食料の確保もできそうだし、拠点を任せるには十分である。

ただし、召喚するには魔力が5必要だ。現在の魔力は緑0、万能が1なので、最低でも明日にならないと召喚はできなかった。しかも魔力を使い切ってしまうし……。できれば、魔力に余裕を持たせていきたい。

「となると……。狩りや採取を頑張れば、何か試練が達成できるかもしれん」

ゼド爺さんたちに相談すると、試練達成を狙うことに賛成してくれた。

「やれることはやっておいた方が良かろう」

「それに、この場所を守ってもらえるなら、安心ですし」

「ワフも賛成ですぞ！」

俺たちは屋上で干し肉作りをしてくれているジェイドたちとトビアにこの砦を任せ、樹海へと踏み込むことにした。全員で行動するには少々人数も多いので、俺、ワフ、コボルトズと、ゼニディアで召喚した伝令《でんれい》のペガサス。それと、ゼド爺さん、エミル、こちらもゼニディアで大活躍してくれた虎人《こじん》の大剣士《だいけんし》の二手に分かれる。

「コボルトたちも含めて四人も乗ることになるが、大丈夫か？」

飛べなくても、普通に走ってくれるだけで十分だと思っていたんだが……。俺はペガサスの力強さを侮《あなど》っていたらしい。

ペガサスは俺たち四人を乗せても、問題なく飛行することができていた。考えてみれば、重装備の騎士や兵士を乗せて飛ぶことを想定している存在だ。ヒョロくて革装備の俺と、幼女のワフ。子供くらいの重さしかないコボルト二匹は、ペガサスにとっては軽いものなのだろう。

「凄いぞペガサス！」

「ヒヒィーン！」

「うひゃー！　きもち良いですな！　主！」

「おう！」

しかも、活躍したのはペガサスだけではなかった。コボルトたちが、俺の予想以上に優秀だったのだ。

まず、マメ柴コボルトの探検家だが、犬の感覚と、山歩きの知識を併せ持っていた。俺たちでは気付かない獲物の足跡を見つけ、さらに匂いで追跡もできる。他にも、食べられる野草や茸《きのこ》をいとも簡単に見つけ、歩きやすい進路を即座に見破る。同行者として、これほど頼もしい存在はいなかった。探検家の指示に従ってペガサスを降下させれば、確実に収穫がある状況だ。

そしてビーグルコボルトの狙撃弓兵は、その名前に恥じない弓の腕前を持っていた。手にしているのは、その小さい体に合わせた小弓《しょうきゅう》なのだが、その命中率が尋常ではない。それこそ、一〇〇メートル先を走る鹿の目玉をペガサスの鞍上《あんじょう》から射抜くような、人外の腕前を持っていた。いや、人じゃないんだけどさ。

探検家がその鋭い感覚を生かして観測手としても活躍し、この二体だけで凄《すさ》まじい成果を挙げてくれたのであった。

結果として、その日だけで七匹もの獲物を得ることに成功し、試練を四つも達成できている。

魔力やポイントも嬉しいが、カードも数枚引くことができた。［バルツの森《もり》の見張役《みはりやく》］は、次にデッキを更新する時にぜひ入れたいね。それと、久々にレアカードもゲットしてしまった。

ユニコーン・ワイバーン　モンスター：霊獣
白5　4／2　R
■飛行、先制、毒無効、天光

その名前の通り、角の生えたワイバーンだ。神聖な力を持ったワイバーンという設定らしい。攻撃力が高く、速くて、飛べるのだ。こいつは、単純に強い。しかも、天光スキルを持っている。

天光：種族：ヴァンパイア、デーモン、アンデッド、邪神、魔人へのダメージを倍加する

黒デッキ相手では猛威を振るうカードだった。次のデッキに入れるかどうか微妙だが、かなり強いことは間違いないのだ。白井《しらい》とやり合う前に欲しかったぜ。

「まあ、目的は達成したし、一度砦に戻ろうか」

獲物を持ちきれない。というか、すでにかなりの肉などを放置することになっているのだ。しか

も、ペガサスのおかげで相当遠くまで来ている。

多分、今まで俺たちが踏み込んだことのないエリアだろう。そろそろ、戻りたいのだ。

ペガサスに跨《また》がるためにコボルトたちを促したんだが、その場から動かない。

「オフ！」

「どうした？」

「オフオフ！」

コボルトたちが何やら興奮している。俺には木々が邪魔で見えないが、この先にコボルトを興奮させる何かがあるらしい。

「じゃあ、この先を確認してから帰ろう」

「ワフン！」

コボルトたちに連れられて向かった先には、不思議な光景が広がっていた。

まず目に入るのは、大きな樹だ。周囲の木と似た、樫《かし》っぽい特徴を持った種類なのだが、その威圧感が全く違う。

高さは、周囲の木よりも少し高い程度だろう。しかし、幹は数倍の太さがあった。より太く、ゴツゴツとした幹は、過ごした時の違いを感じさせる。多分、樹齢が何倍も違うのだろう。それこそ、樹齢一〇〇〇年超えとかでも驚かない。

しかも、この古木が目を引く理由は、大きさだけではなかった。

「あれは水晶か？」

「ほえー……。摩訶《まか》不思議な姿でありますな」

まるで蛸《たこ》の化け物のような巨大な古木の根の内側には、乳白色の水晶が抱き込まれていた。淡く輝く水晶と、巨樹の対比は、ひたすらに幻想的だ。

これまた、地球では絶対に見られない光景だろう。クレナクレムでは珍しくないのかと思ったが、ワフが目を見開いている。これは、こっちでもそうそう見られる光景ではないらしい。

「なんと美しい……。感動でありますぞ！」

ワフが、古木の神秘的な姿に魅了されたように、フラフラと近づいていく。その時だった。

「オフ！」

「オフオフ！」

何かを警戒するように、コボルトたちが鳴き声を上げた。直後、俺もやや遅れて槍を構える。

「ワフ！　戻ってこい！」

「は、はい！」

それが現れたのは唐突であった。突然、虚空《こくう》から滲《にじ》み出るかのように、出現したのだ。

「ヴオアアア……」

「なんだこいつ……。人、じゃないよな？」

地面から二メートルほどの宙に浮かぶそいつは、漆黒の闇に身を包んだ、人型のナニかだった。

「多分、精霊の類《たぐい》でありますぞ！　ですが、これは……」

なるほど、精霊か。確かに、ファンタジーRPGなんかで登場する、人型の精霊っぽいかもしれない。とすると、闇の精霊とかかな？　いや、この黒いオーラ、見覚えがあるね。

「もしかして、混沌憑《こんとんつ》きか？」

「そうですぞ！」

精霊にまで感染するのかよ！

「ブォオアアアア！」

「やべ！」

敵意に満ちた叫び声が、周囲に響き渡る。完全に殺《や》る気じゃねーか！

精霊といえば、この世界に来たばかりの時に戦った、岩猪《いわいのしし》のガルフ＝ナザと同類ということだ。

魔力を使った攻撃でなくては倒せない厄介《やっかい》な性質を持っている。しかも狂暴性が増し、能力が強化される混沌憑き状態。

対してこちらは、俺、ワフ、コボルト×二、ペガサスという布陣だ。正直、戦力が全く足りていなかった。

「ワフ！　ペガサスに乗れ！　逃げるぞ！」

「了解であります！」

ワフがペガサスの鞍《くら》に登るために駆け出す。だが、混沌憑き相手では簡単に逃走を許してくれはしないだろう。ライフバリアがある俺が精霊を引き付けて、時間を稼ぐ！

「どりゃあああ！」

「ヴア……」

「え？」

なんか、普通に当たったんだけど。しかも、威嚇《いかく》するように叫んでいるものの、こっちに攻撃をしてくる気配がない。

「はぁ！」

「ヴ……」

やはり精霊に動きはなかった。なんだ？　いや、違う！

「ヴアッ……！」

「うわ！」

何もしてこないわけじゃなかった。ゆっくりと振り上げた腕を、ぎこちない様子で振り下ろしてきた。だが、その動きは非常に遅く、俺みたいな雑魚《ざこ》でも簡単に躱《かわ》すことができる。

やはり敵か……。だが、何故《なぜ》か動きが鈍いようだ。これはチャンスである。

「総攻撃に切り替えだ！　みんなでこいつを攻撃しろ！」

「了解であります！」

「オフ！」

実のところ、コボルトたちは僅《わず》かながら気功《きこう》が使えた。ペガサスもだ。どうやらカードで召喚された魔獣たちは、その技能を大なり小なり持っているらしい。ワフも、森《もり》の精霊《せいれい》の加護《かご》のおかげでやはり気功が使える。精霊相手でもダメージが通るはずだった。

「ちょりゃああ！」

「オフ！」

「ヒヒィン！」

むしろこの面子の中で精霊に対する有効打を持たないのは俺だけだ。

「いや、このカードを使えば……」

魔力は足りる。温存しようかとも思ったが、相手は混沌憑きだ。確実に倒すことを優先するべきだった。

「みんな！　離れろ！」

「了解であります！」

みんな、指示への反応が驚くほどにいいな！　即座に精霊から距離を取る。

「［ラーヴァ・ショット］！」

ラーヴァ・ショット　赤2　C《コモン》　スペル
■対象に2点ダメージを与え、一〇分間アタックを不可能にする。

ワフたちが離れたと同時に精霊を呑《の》み込んだのは、俺が放った溶岩の弾丸であった。ドラム缶サイズの溶岩が、宙に浮かんだ精霊に直撃する。

「ヴアアアアアアアアア！」

効いているらしい。精霊でも溶岩は熱いのか？　それとも、魔術だから？

疑問に思う俺の前で、精霊の姿が青白い光に包まれ、砂のようにサラサラと崩れ落ちていくのが見えた。どうやら仕留めたらしい。

「主、やりましたぞ！」

「いや、こんなあっさり……？」

「ふふん。ワフの迫力に恐れをなして、動けなかったようですな！」

「ああ、そうね」

「ワフの勝利であります！」

まあ、絶対に違うだろうけど、勝ったんならいいや。それよりも、バインダーが光っている。開いてみると案の定、試練を達成できていた。しかも、それだけではない。むしろ、試練達成よりもこっちが重要だろう。


大精霊《だいせいれい》の座《ざ》・フォルタル＝クルア　土地　★
■毎日、万能魔力を一つ生み出す。

なんと土地カードをゲットしていた。絵柄は、目の前の古木だ。しかも、万能魔力を生み出すって、凄いんですけど！
「大精霊の座？　さっきのが大精霊なのか？」
俺は続いて、試練を有効化してみることにした。
土地を三つ支配する：ポイント2、万能魔力1
ネームドモンスター撃破：ポイント1、万能魔力1、カード一枚入手
【土地を三つ支配する】は置いておこう。普通の試練の範疇《はんちゅう》だ。だが、もう一つの試練、ネームドモンスター撃破が問題だった。タッチした瞬間、美しい女性の絵柄が描かれた、豪華なカードが浮

かび上がる。

大精霊《だいせいれい》・フォルタル＝クルア　精霊
緑8　4／4　★
■飛行
周囲の木々は、彼《か》の者の支配下である。


「以前手に入れた、ガルフ＝ナザと似ているな」

レアリティが★になっており、能力がカードゲームではあり得ない抽象的な表現になっていた。

そもそも、大精霊ってカード化しちゃって大丈夫なのか？　なんか、世界のバランスが崩れたりしないよな？

「人の子よ」

「え？」

突如《とつじょ》降ってきた、女性の声。俺が驚いて顔を上げると、巨木の内の水晶の中から、一人の女性が浮かび上がった。幽霊か何かのように半透明だ。

「だ、誰でありますか！」

「我は大精霊フォルタル＝クルア」

「は？」

思わずカードのイラストと、半透明の女性を見比べる。エルフのような美しい外見に、緑色の髪

の毛。若草色のトーガに、エメラルドのような宝石を使った美しいアクセサリーの数々。

間違いなく、同じ姿をしていた。

だが、なんで目の前にいるんだ？　俺は召喚してないぞ？

「助かりました。人の子よ」

困惑する俺に、精霊と思われる女性が優しく話しかけてくる。

「えーっと、大精霊さん？」

「そうです」

「ふおぉぉ？」

大精霊が頷《うなず》くと、ワフが変な声を出して固まってしまった。どうやら、誰にでも物怖《お》じしないワフでさえ、緊張するような相手であるらしい。

間違いなく、大精霊なのだろう。では、俺の手に握られているカードは何だ？　こっちにも「大精霊・フォルタル＝クルア」という表記があるんだが。

大精霊は俺の疑問を察したらしい。丁寧《ていねい》に説明してくれた。

「ああ、その絵札ですか？　それには私の力の一部が込められているようです。我が力全てを封じては、とても人の身では扱いきれないからでしょう」

「あー、やっぱり大精霊さんて、凄いんですか？」

「神々によって生み出されし、この世界の安定を司る存在が、我ら大精霊です。そのカードに込められているのは、我が力の一〇〇分の一ほどでしょう」

つまり、本体は４００／４００の化け物ってこと？　いや、単純に一〇〇倍すればいいわけじゃないだろうが、普通にカードに封じることは無理な存在なのだろう。

「じゃあ、もしかしてこのカードも、精霊の力の一部なんでしょうか？」

俺は［一枚岩の精霊・ガルフ＝ナザ］のカードを取り出して、大精霊に見せた。もしそうなら、あの拠点にガルフ＝ナザの本体が残っているということになるのだ。また襲われたらひとたまりもない。

しかし、大精霊は首を振った。

「その子は中位の精霊。力のほとんどは絵札に封じられています」

「な、なるほど……。その、大丈夫なんですかね？　精霊をこんな風にしちゃって」

大精霊からしたら、仲間が人間に閉じ込められて、利用されているようなものなんじゃないか？

「大丈夫ですよ。あなたの力は、大神《おおかみ》の力によるものですよね？　それに、倒されたとしても、自身が納得しなければそこまで完全に絵札に封じられることはありません。その子はあなたに負けて、あなたを主《あるじ》と認めたのでしょう」

良かった、特に問題はなかったらしい。

「先程も言いましたが、あなたからは大神様の息吹が感じられます。あなたはその関係者なのでしょうか？」

「えっと？　大神？」

「はい。四大主神が一柱《はしら》、セルエノン様の気配を感じます」

「あー、確かに関係者といえば、関係者なのかな？」

一応、あいつに転生させてもらったわけだしな。

にしても、四大主神？　セルエノン以外にも神様がいることは知っていたが、あれがそんな偉い神様だったとは……。

この世界、平気か？

「えーっと、さっきあなたが言っていた、助かったというのは？」

むしろ、攻撃しちゃったんですけど。それどころか、倒しちまったように見えたんですけど。

「我が存在を侵食していた混沌の残滓《ざんし》を浄化してくださったことです。なるほど、転生者であるからこその力ですか」

「え？　俺が転生者だって分かるんですか？」

「その絵札であなたと繋がったことで、様々なことが理解できました。大丈夫、私が誰かにこのことを漏らすことはありません」

「そ、そうですか」

まあ、元々樹海には人が入ってこないし、大精霊さんから人に情報が漏れるってことはあまりないだろう。そもそも、口を封じるなんてできない以上、信用するしかないのだ。

「それにしても、大精霊っていうのは凄い存在なんですよね？　そんな貴女《あなた》でも、混沌憑きになっちゃうんですか？　というか、混沌ってなんですか？」

「混沌とは、滅びし異界からの侵食者です」

「滅びし異界？」

「はい。すでに滅んでしまった異世界から、この世界に侵入してきた異物」

「え？　別の世界から、クレナクレムに攻めてきた敵ってこと？」

そりゃあ、クレナクレムがあるんだから、それ以外に異世界があっても不思議じゃないよな。それに、俺たちが世界を超えて転生したんだから、世界を渡る方法がなくはないはずだ。

「敵というよりは、伝染病や病原菌とでも言った方がいいかもしれません。界を渡りながら、その世界の根幹を侵食し、最終的には世界を覆い尽くして滅ぼす存在と言われています」

「は、はぁ」

「混沌の残滓に意思はなく、大元である巨大な混沌から剥離《はくり》した残滓が、この世界の者に取り憑《つ》き、狂わせるのです」

いまいち理解できんが、デッカイ混沌がどこかにいて、そいつから剥《は》がれ落ちたカスが、この世界の生物や精霊に取り憑いて狂わせるのが混沌憑きってことか？

「えーっと、その大元の混沌っていうのを倒したりしないんですか？」

「そこは神々の領域。我ら精霊が考えることではありません」

仕事の管轄《かんかつ》外ってことか？　まあ、神が実在する世界だし、最終的には神様がどうにかしてくれるのかもしれない。その一柱がセルエノンと考えると、かなり不安ではあるが。

「普通、大精霊が混沌に侵食されるようなことは滅多にないのですが、今回は少々無理をし過ぎました」

「何をしたんです？」

「近頃、地脈に混入する混沌の残滓が増えてきていました。今はまだ、魔獣や精霊のような、魔力に敏感な存在だけが混沌に取り憑かれるだけに留まっています。ですが、地脈の汚染が進めば、人間や普通の動物にも影響が出始めるでしょう」

「そこらにいる一般人が急に混沌憑きになったりするってことですかね？」

「そうです。しかも、大量に」

「うわー」

地獄じゃないか。しかも人的被害だけじゃなくて、人々の間に不信感も蔓延《まんえん》して、社会情勢が急速に悪くなりそうだ。

大精霊はそれを防ぐために、自ら混沌を吸収し、地脈を掃除していたらしい。しかし、集めた混沌を浄化するよりも、混沌による侵食の速度の方が速く、混沌憑きになりかけていたそうだ。

そう。俺たちは混沌憑きだと思っていたが、あの時はまだ完全な混沌憑きではなかったのである。

俺たちに襲いかかってこなかったのも、大精霊本来の意識と、混沌に侵食された意識が体の主導権を奪い合っていたからだった。

「人の気配に反応して姿を現してしまいましたが、その人間がまさか混沌の残滓を滅ぼすだけの力を持つ者だとは思ってもみませんでした。私は運がいい」

「それは俺もですね」

何せ、もう少し遅くあの場所に辿り着いていたら、完全な混沌憑きになった大精霊に襲われていたかもしれないのだ。能力的に、勝てる相手ではなかっただろう。互いに運が良かったな。

「あなたは大神様から、何か使命を授かっているのでしょうか？」

使命？　この世界を救え的な？

「え？　いや、特には何も……。ただ、お前は面白いから転生させてやるって」

「なるほど……セルエノン様らしい……」

大精霊がその言葉だけで納得してしまう。彼女も、セルエノンのアレ具合は理解しているようだ。

「では、私から一つ、お願いがあります」

「えーっと、どんなことでしょう？」

あまり無理難題は、困る。できることとできないことがあるし。

「混沌憑きを発見したら、積極的に倒してほしいのです。あれを放置していれば、世界に悪影響が出ます」

「なるほど……。まあ、俺たちで倒せる範囲であれば」

混沌憑きを倒せば試練達成にもなるし、無差別に暴れ回るような危険な相手を、放置するつもりもない。まあ、魔王なんて呼ばれるクラスの相手じゃなければ、だけどね。

「それで構いません。私からも助けになる力をお渡ししましょう。我と座の絵札があれば――」

大精霊がそう言った直後だった。手にしていた、大精霊のカードと、バインダーから浮かび上がった土地カード、大精霊の座が光り輝く。そして、その光がそのまま俺の全身を包み込んだ。

数秒もすると、光は消えたんだが……。何か変わった気はしない。

「絵札を通じて、あなたに混沌に抗する力を与えました。あなたや、あなたの周りにいる者たちは、混沌からの影響が弱まるでしょう」

「混沌憑きにならなくなるってことですか？」

「それだけではなく、混沌からの攻撃からも、僅かではありますが身を守ります」

「おお、それはありがたいです」

「ただし、二枚の絵札をあなたが所持していることが条件です。その絵札を通じて、力を送っているので」

大精霊のカードは大丈夫だろう。他のプレイヤーに奪われる可能性はあるが、その時はどうせ俺は死んでいる。問題は、土地カードである［大精霊の座・フォルタル＝クルア］だ。土地カードは、他の奴に占拠されてしまえば、奪われる。俺が白井から暗黒精霊の鎮め祠を奪ったように。

「やっぱり、牛人の頭領が必要だな」

太古《たいこ》の一枚岩《いちまいいわ》・ガルフ＝ナザ、暗黒精霊の鎮め祠、大精霊の座・フォルタル＝クルア。この三ヶ所をミノタウロスたちに見回らせるのだ。

「この場所を守るために、俺の配下のモンスターたちが来ると思います。そいつらには攻撃しないでほしいんですが、よろしいですか？」

「勿論です。我は絵札であなたとも繋がっているので、同輩の気配も判別できるでしょう」

それなら、ミノタウロスを派遣しても、問題なさそうだな。

俺たちは軽くその後の打ち合わせをすると、大精霊に別れを告げて砦へと戻った。

ゼド爺さんたちに大精霊の話をしたら、メチャクチャ驚かれたね。全員が絶句していた。どうやら、俺の想像以上に高位の存在であったらしい。

ゼド爺さんやエミルが言うには、お伽噺《とぎばなし》に登場するレベルで、下位の神と同列に語られることさえあるそうだ。

それならば、爺さんたちの驚きも分かる。だが、平静を取り戻したゼド爺さんが、妙にやる気なのが気になる。槍を握りしめ、今にも鍛錬を始めそうだ。もう夜中だぞ？

「ゼド爺さん、どうしたんだ？」

「どうしただと？　大精霊様直々《じきじき》に、混沌憑きを滅ぼすように頼まれたのであろう？　武人として、騎士として、これほどの名誉はなかろう！」

現実を見つつも、騎士としての理想を追い求めているゼド爺さんだ。今回の話は、そんな爺さんの琴線《きんせん》にバッチバチに触れたらしい。滅多に見ない興奮した面持《おもも》ちで、「大精霊様が――」と呟いている。だが、やる気を出しているのは、エミルやトビア、マリティアにジェイドも同じだ。

クレナクレムの人間にとっては、それほどの重大事だったに違いない。多分、物語の登場人物や英雄になった気分なのだろう。

「あー、だからって、混沌憑きを自分から探して、倒すようなことはしないぞ？　見つけるのだって大変だし」

「うむ。それは分かっておる！」

本当に？　混沌を狩るために樹海を歩き回るとか言い出さないよね？

「さすがに、今の我らでは魔王など相手にしては、ひとたまりもないからな！」

今のってところが、そこはかとなく不安だ。

「まあいいや。それよりも、牛人を呼び出そう」

俺は今の状況にもってこいのカードを持っていた。因みに、現在の手札は［生命回復《せいめいかいふく》］、［超《ちょう》トラバサミ］、［比翼《ひよく》のワイバーン］、［黒霧《くろきり》の長剣《ちょうけん》］、［オルタの牛人の頭領］、［岩甲殻《いわこうかく》の大犀《おおさい》］の六枚である。少々、コストが重いカードばかりなのが気になるところだが、切り札ばかりと思えばいいだろう。

オルタの牛人の頭領　モンスター：ミノタウロス
緑５　２／４　Ｒ
■再生（緑２）、毎日、ミノタウロス・ワーカーを生み出す。あなたのフィールドに存在できるミノタウロス・ワーカーは一〇体までとする。
※ミノタウロス・ワーカー　１／２

「さて、じゃあ召喚するぞ？」

これはジェイドとマリティアに向けた言葉だ。コボルトを召喚した時は、驚かせないように召喚のシーンを見せなかったから、彼らが間近で見るのはこれが初めてだからね。

「召喚、［オルタの牛人の頭領］！」

「ウモー！」

「きゃー！　いやー！」

牛人の頭領の咆哮《ほうこう》を聞き、マリティアが悲鳴を上げた。コボルトを見た時のような歓声ではなく、完全に怯《おび》えから来る悲鳴だ。ジェイドも、思わず剣を構えていた。

それも仕方ないだろう。地面に描かれた魔法陣から現れたのは、灰色の毛皮に身を包んだ、巨大な牛頭人身の怪物である。想像以上にデカイ！　身長は四メートル近いだろう。砦の天井ギリギリだった。

手に持った斧は、それだけで俺よりも重いかもしれない。体は人型ではあるが、その全身は毛皮に覆われている。手は完全に人。足は蹄《ひづめ》という感じだった。身に着けている装備は世紀末の世界にいるモヒカンさんたちのような、鋲《びょう》付きの革鎧《かわよろい》である。姿だけ見れば、超凶悪な魔獣だった。

「まあまあ、驚くのも仕方ないけど、こいつは俺の味方だから」

「そうですよマリティアさん。怖くないですよ」

もうエミルは慣れたものだ。俺が召喚したモンスターたちが恐ろしい存在ではないと、ちゃんと理解しているからだろう。エミルは牛人の頭領に自ら近づくと、その足をポンポンと撫でる。そして、マリティアに振り返り、笑った。こいつが敵ではないと、アピールしてくれているのだろう。

ワフも同じように牛人に近づくと、なんとその体によじ登り始めた。大人しくしているミノタウロスを余所《よそ》に登頂に成功すると、その肩の上に腰かける。

「ひゃー！　高いですな！　これからよろしくお願いしますぞ！　頭領殿！」

「ウモ」

「マリティア殿もジェイド殿も、見てくだされ！　頭領殿は敵ではありませんぞ！」

エミルたちの行動が功を奏したのだろう。まずはジェイドが、そしてマリティアが少しずつ落ち着きを取り戻していった。

「二人とも大丈夫か？」

「あ、ああ。トビア、お前はよく平気だな」

「はっはー。もう慣れた。目の前で、あのミノタウロスよりももっとデカイ蛇を召喚されてみろよ。これくらいじゃ、もう驚かなくなるからよ！」

ゼニディアで巨人殺《きょじんごろ》しのニシキヘビを目の前で召喚された体験は、半ばトラウマのようになっているらしい。すまんね。

「お、ドローは［バルツの森の見張役］か」

いいカードを引いた。明日以降に召喚しよう。

「さて、オルタの牛人の頭領。まあ、頭領でいいか。頭領よ、配下のミノタウロス・ワーカーを呼び出せるか？」

「ウモ！　ウモモ……ウモ！」

頭領は頷くと、集中し始める。そして、ウモウモとしか聞こえない呪文を唱えると、左腕をバッと前に突き出した。俺がモンスターを召喚する時と同じように、地面に魔法陣が描き出される。

魔法陣の中から牛頭の怪人がせり上がってくるかのように姿を現した。登場の仕方も、ほぼ同じだな。

「ウモ！」

身長は頭領よりも大分低い。いや、それでも俺たちよりは大きいけどね。二・五メートルくらいあるだろう。身に着けているのは、革鎧とハルバードだ。

「なあ、お前らって、何を食べるんだ？」

地球の神話に出てくるミノタウロスは、何故か人間を食っていた。牛のクセに。ただ。内臓が人間準拠《じゅんきょ》なら、それもあり得るだろう。こいつらはどっちだ？

「肉か？」

「ウモ！　ウモモ！」

俺が尋ねると、頭領もワーカーも、とんでもないという感じで首を横に振る。

「じゃあ、草？」

「ウモ」

どうやら草食だったらしい。揃って頷いている。

「何かこだわりは？　牧草じゃなきゃダメとか」

「ウモ？」

それもないらしい。頭領が配下のワーカーにウモウモと何かを告げる。すると、ワーカーがウモウモと砦の外に駆けていった。何をするつもりなのかと思っていたら、一分もかからずにワーカーが何かを持って戻ってくる。

「ウモ」

「ウモー」

ワーカーが手にしていたのは、普通の雑草だった。それこそ、砦のすぐ外に生えているやつだ。

ワーカーがその草を頭領に手渡すと、二人？　二頭？　揃ってその草を齧《かじ》り始める。

どうやら、自分たちは雑草でもいいというアピールであるようだった。これは助かる。何せエサ代がほぼかからないってことだ。少なくとも、樹海でこいつらが飢えることはないだろう。

「お前らには、拠点の守りなんかをお願いするつもりだ。これからよろしく頼むぞ」

「ウモー！」

「ウモ！」

オルタの牛人の頭領を召喚した数時間後。

「よし、日付が変わったな」

「次は何を召喚するのでありますか？」

俺とワフ以外はすでに寝入っているが、俺たちは召喚を行うために砦の外にいた。

別にワフがいなくてもいいんだけど、従者として見届けるとか言い出したのだ。まあ、昼間にペガサスの上で居眠りをしたせいで、眠くないんだろう。

「大精霊の座のおかげで、万能魔力が2もゲットできるようになった。緑魔力も3あるし……。どっちを使うかな」

候補は二つ。頭領を召喚した時にドローした、［バルツの森の見張役］。それか、［岩甲殻の大犀］だ。一枚で二匹を召喚できる見張役か、3／3で貫通能力を持った大犀か。

「ワフとしては、こちらを推しますぞ！」

「そのこころは？」

「強そうなのであります！」

ワフは大犀に一票であるらしい。

「うーむ……。今日はこっちにしておこう」

「な、何故に！」

俺が選択したのは、［バルツの森の見張役］だった。

バルツの森の見張役　モンスター：獣
緑3　2／2　UC《アンコモン》
■召喚時、2／2の獣モンスターを一体生み出す。

別に、ワフをからかうために逆を選択したわけじゃないぞ？　緑魔力だけで召喚できるのがいいのだ。万能魔力を温存できる。

「『バルツの森の見張役』、召喚！」

「『ガオ！』」

綺麗に揃った鳴き声が、夜のしじまに響き渡った。久々のバルツビーストたちである。羊に似た角を持った、狼に似た獣。やはりその頼りがいのある姿を見ると、安心するな。この世界に来たばかりの頃から、ずっとお世話になっているからだろうか？

「よろしくお願いしますぞ！」

「ガオ！」

ワフはバルツビーストたちと早速じゃれ合っている。犀でもバルツビーストでも良かったのか？

まあ、そういう奴だよね。

「で、ドローはこれか」

引いたカードは［ポルターガイストメイド］。早い話、幽霊のメイドさんだ。

ポルターガイストメイド　モンスター：死霊
黒3　1／1　C
■飛行、憤怒《ふんぬ》（貴方《あなた》のコントロールするモンスターが相手に戦闘で破壊されていた場合、一〇分間＋X／＋0強化を受ける。Xは破壊されたモンスターの数に等しい）

「こいつ、どうしようかな……」

飛行も持っているし、幽霊なら姿を隠すこともできるだろう。偵察や奇襲にもってこいの戦力である。召喚するための魔力もある。黒の魔力が1余っているので、むしろ使いたいほどなのだ。

「でも、イラストがな～」

俺が悩む最大の要因は、そのカードに描かれたイラストであった。メチャクチャ恐ろしい姿をしているのだ。

基本は、青白い、半透明の血色の悪い少女である。桃色の髪の毛をした、十代の美少女だろう。だが、当然ながらそれだけではない。ごく普通のワークスメイドの着る地味なお仕着せを身に着けているが、その腹には真っ赤な血痕がこびりついている。死因なのか、人の返り血なのか分からんが、それだけでも十分ホラーだ。

だが、真に恐ろしいのはその顔だった。まるで激怒する山姥《やまんば》のような凄まじい形相なのだ。頬はこけ、本来目がある部分には暗い穴が穿《うが》たれている。限界以上に開かれた口からは、絶叫が放たれているることが確信できた。

このカードをデッキに組み込んだ時にはその有用性にしか目が行っていなかったが、改めてイラストを見ると確実に悪霊の類だ。今までのカードを考えれば、俺に完全服従であることは間違いない。間違いないんだが、それでも躊躇《ちゅうちょ》するほどにイラストが不気味だった。

だが、今は優秀な斥候《せっこう》が喉から手が出るほど欲しい。

「よし、こいつを召喚しよう！」

「おお？　もしかして、もう一人喚《よ》ぶのですかな？」

「そうだ。少し離れてろ。というか、後ろ向いてた方がいいかもしれんぞ」

「？？」

ワフは首を傾《かし》げている。いや、召喚すればどうせ見ることになるし、いいか。

「召喚、［ポルターガイストメイド］！」

「ウアア……」

黒い魔法陣から幽霊が浮かび上がる光景は、やはりホラーだぜ。ただ、その姿は想像よりもマシであった。確かに服には血の痕があるし、半透明だし、幽霊そのものである。眼球もなく、目のあるはずの場所に黒い穴が開いているのも同じだ。しかし、カードのように狂乱している様子はなく、どちらかと言えば穏やかな表情である。

「えーっと、よろしく頼むな」

「ウア……」

ポルターガイストメイドはニコリと微笑《ほほえ》むと、丁寧にお辞儀をした。良かった、ちゃんと理性がある。

「ワフ、どうだ？」

「ふおおお！　ゴーストタイプのモンスターさんでありますな！　これは頼もしい！　メイド殿、よろしくお願いしますぞ！」

俺が想像していたような、怯える様子は一切なかった。メイドに突進して抱きつこうとして、向こう側に突き抜けてしまい、キャッキャと笑っている。

ワフ的にカードのモンスターは仲間という括《くく》りに入るらしい。秒で受け入れていた。

「さて、メイドさんや。一つ質問いいか？」

「ウア？」

「食事なんだが、幽霊って何を食べるんだ？」

俺が質問すると、ポルターガイストメイドは手の平をワフに向けた。数秒後、ワフから僅かに漏れ出した青い光が、ポルターガイストメイドに吸い込まれるのが見える。

「お、おい？　何をしたんだ？　ワフ、大丈夫か？」

「どうやらワフの魔力を吸収したようですな。大丈夫であります。この程度なら、五分もかからず回復しますぞ。メイド殿、こんなちょっとでいいのでありますか？」

「ウア」

ワフの問いかけに、メイドは腹を叩くジェスチャーをする。お腹《なか》いっぱいということらしい。

ワフは全く疲れていないように見える。どうも、普段から漏れ出ているような微量な魔力で済んだようだ。ゲーム的に言うなら、ＭＰ１とかそんなものであるらしい。

「それくらいなら問題ないか」

「そうでありますな」

ただ、ゴーストタイプが増え過ぎると、大変そうではあった。毎日限界まで魔力を吸われてグロッキーなんてことにならないようにせねば。

実際、《Monster&MagicMasters》《モンスターアンドマジックマスターズ》の中には、ゴーストを大量召喚するカードも存在している。それこそ、一〇〇匹だろうが二〇〇匹だろうが、魔力が払えるなら喚び出せるだろう。決してあり得ない事態ではない。

「まだ手に入ってもいないカードのことを心配しても仕方ないか」

それよりも今は、今後のことを考えないといけないのだ。

「とりあえずメイドさん。このまま偵察に出てくれるか？　樹海に、領主の部下が入り込んでいるかどうか、確認してきてくれ」

「ウア……」

「ただ、夜明け前には戻ってきてほしい。大丈夫か？」

「ウア」

メイドさんは自信ありげに頷くと、夜空へと飛び出していった。想像以上に速く飛べるらしい。あの分なら、色々と情報を持ち帰ってくれるだろう。

「俺たちも寝るか」

「そうですな」

そうして、俺たちはベッドに入ったのだが……。夜明け前、俺は軽く揺すられる感覚で目覚めた。

「ん……？」

薄《うっす》らと目を開ける。

「ウア」

「うおぉぉぉぉ?!」

「ウア？」

目の前に、腹を血で真っ赤に染めた、血色の悪い女性がいた。眼球の存在しない虚《うつ》ろな眼窩《がんか》で、俺のベッドを覗き込んでいる。幽霊やん！　さすが異世界！　まじで出たぁ！

思わず目を見開き、飛び起きた。

そして、思い出す。

「ああ……ポルターガイストメイドか」

「ウアー」

寝ぼけていたせいで、一瞬彼女のことを忘れていた。寝る前に召喚して、偵察をお願いしていたんだった。

にしても、暗い部屋の中に幽霊が立っている姿は、なかなか迫力があるな。正直、これを目撃したワフあたりがおねしょしないか心配だぜ。

「何か成果はあったか？」

「ウア」

「お、そうか」

嬉しそうに頷くメイドさんに、色々と質問をしていく。メイドさん、ジェスチャー超上手《うま》い。

その結果、確かに領主の部下が樹海に入り込んでいるようだと判明した。

その数は四〇名ほど。メイドさん曰《いわ》く、半数は装備がバラバラであったそうなので、半分が兵士、半分が冒険者なのだろう。

一直線に、北を目指しているらしい。ただ、その進行方向はこの砦からややずれているようだ。

多分、ワフを捕まえた場所をまずは目指し、そこから捜索範囲を広げていくつもりなのだろう。

樹海の魔獣を警戒して行軍速度がそこまで速くはなさそうというのが、せめてもの救いだった。

樹海は相当恐れられているらしく、リーダーの騎士がどれだけ脅そうと、兵士たちの足取りは重いらしい。無理やり連れてこられた平民上がりの兵士なんて、そんなものなのだろう。

「まだ時間はあるか……」

「ウア」

「まあ、とりあえずお前の紹介だな。受け入れてもらえればいいが」

「ウアー？」

その後、起きてきた仲間たちにポルターガイストメイドを引き合わせた。これが意外なことに、エミルやマリティアは全く問題ないようだった。

俺たちと過ごすことで人外に対する耐性がついたらしい。血の付いたメイド服に関しても、そこまで気にならないようだ。まあ、こっちの世界では普通に動物を捌《さば》いたりするし、荒事も身近だからな。血を見ただけで卒倒するような女性は、上流階級にしかいないのかもしれない。

逆に、冒険者であるトビアやジェイドは、メイドさんが怖いようだった。青い顔でメイドさんを見つめている。

「奴らを倒すには、気功か魔術がないとダメなんだ。普通の冒険者は、出会ったら逃げるしかできない」

「逃げ場がなければ、死を覚悟するしかないんだよ」

どうも、霊体系の魔獣は非常に強いらしく、冒険者にとっては死神のような存在であるらしい。

ああ、ゼド爺さんも問題なかった。やはり、俺の配下ということで、危険ではないと理解できているんだろう。

俺たちはメイドさんの偵察結果を基に、今日の行動を決めていく。基本は旅立ちの準備だ。移動中の食料の確保や、ここに残していくミノタウロスたちのための備蓄や道具の準備である。

敵の監視はメイドさんに任せて、俺たちは砦の周辺に散った。

ああ、因みにメイドさんは日中でも行動することができるようだ。力は落ちるものの、日光を浴びたら消滅するといったことはない。偵察は問題なくこなせるだろう。

「さて、今日は召喚の魔力が厳しいし、俺も魔獣狩りだな。コボルトたちと一緒に頑張りますか」

「オフ！」

「オフフ！」

そしてみんなで出立《しゅったつ》準備を開始した翌日。

まだ敵の索敵はこの辺まで及んでいないということで、今日も準備を続けることにした。

すでにミノタウロス・ワーカーは三体となり、砦の周辺に柵を設置する作業で大活躍している。ワーカーというだけあって、土木作業などが非常に得意であるらしい。柵を作るのもかなりの手際だ。

しかもワーカーたちには戦闘力がないわけではない。初期装備のハルバードを扱う腕は、ゼド爺さん曰く「一般兵士よりは少し上」といったレベルにはあるらしい。また、町で手に入れてきた弓を使わせても、そこそこの命中率で射ることができている。

戦士として高い技量があるわけではないが、普通の人間兵士よりはかなり強い。そんなレベルなのだろう。それに、ミノタウロス特有の高い生命力もあるし、戦力としては申し分ない。

そんなミノタウロスたちと作ったのが、石を砕き、削って作った大きな蓋《ふた》である。これは、聖なる泉に被せるつもりだった。

ストーン・フォートレスが、一時的に他の勢力に奪われるのは構わない。奪還するのは、石兵とミノタウロスがいれば問題ないだろうしな。

特に石兵は厄介だ。何せ、砦の中に湧き出るのである。しかも、自爆能力もある。その石兵を嫌がって外に出れば、ミノタウロスとガチンコの殴り合いをせねばならない。

どちらにせよ、外敵が砦を維持し続けるのは至難の業だろう。

ただ、聖なる泉を勝手に利用されるのは少々まずい。敵が減らないし、この泉のことが噂になれば、狙う勢力も出るかもしれなかった。まあ、ゼド爺さんの受け売りだが。

そこで、石の蓋である。普段はそれで泉を隠しておき、ミノタウロスたちが利用する時は蓋をずらすのだ。

蓋の守護は、木に擬態したミミックトレントに任せるつもりである

よほどの不運がない限り、敵に発見されることはないだろう。

ここに残すのは、オルタの牛人の頭領とその配下のミノタウロス・ワーカーたち、ミミックトレント、バルツビースト一匹、石兵だ。この戦力で、土地三ヶ所を見回ってもらうつもりである。

砦を拠点とするが、いざとなれば樹海に身を潜めれば、全滅することはないだろう。リーダーは牛人の頭領とし、石兵などへの命令権も渡すつもりだ。

「この分なら明日か明後日には、出発できそうだな」

「じゃあ、この砦と大精霊の座、暗黒精霊の鎮め祠のことは任せたぞ？」

「ウモモ！」

俺の言葉に、ミノタウロスたちが自信ありげな態度で頷く。特にオルタの牛人の頭領は、任せとけという感じで胸をドンと叩いていた。

まあ、その自信も分からなくもない。昨日、牛人の頭領には森の精霊の加護を使用してある。今や3／5の大魔獣だ。

しかも、精霊の加護によって擬態スキルも得ている。そこらの魔獣にはそうそう負けないし、逃げ足も速くなっているだろう。頭領がいればワーカーも補充できるから、より継戦能力が上がったのだ。

あとは、召喚したばかりの閃光蛍《せんこうほたる》も、砦に残すことにした。こいつはポルターガイストメイドを召喚した際のドローだな。

閃光蛍　モンスター：魔蟲《まちゅう》
白2　1／1　C
■飛行、白1：対象のアタック対象を自分に変更する。

空から偵察ができるうえに、光り方を工夫すれば離れた場所に信号を送ることもできる。樹海で、ミノタウロスたちが連絡を取り合うにはこのモンスターが非常に有用だった。

「じゃあ、行こう」

「はいですぞ！」

目指すのは、トビアたちが向かうという隠れ村だ。樹海を踏破した先にあるらしい。それなりの日数がかかるだろう。体力に自信はないが、俺が足を引っ張るわけにはいかないのだ。

ああ、今のところ、俺はペガサスに跨ってはいない。荷物を色々と背負ってもらっているからだ。特に大きい荷物が、鞍の上に丁寧に括りつけられた小さめの木樽《きだる》である。

実はこの中には、汚物《おぶつ》処理《しょり》のスライムが入っていた。移動速度が遅いため、連れていくかどうか迷ったのだが、エミルとゼド爺さんが絶対に連れていくべきだと主張したのである。他の面々も、消極的賛成であるらしい。

どうやら、清潔で無臭で掃除いらずのトイレというものは、異世界の人間たちも魅了したようだ。このスライムさえいれば簡単にトイレを作れると聞いたエミルらによって、最重要戦略物資のような扱いになっていた。

ただ、多くの荷物を背負ったままでも、道中は想像以上に安全なものだった。

コボルトやバルツビーストたちだけではなく、冒険者であるトビアやジェイドもいるのだ。索敵に野営はお手の物である。結局、そのまま数日はほとんど問題なく進めてしまった。

一番の問題は、俺の歩みの遅さが一行の足を引っ張っているということだろう。何せ、基礎体力が違う。まあ、マリティアは俺よりもさらに遅かったが。マリティアはペガサスの背に乗ってもらったので、結局俺が一番遅かった。すまんみんな。

途中で、森の精霊の加護を使った時にドローした［大地《だいち》の魔力《まりょく》］を使い、岩甲殻の大犀を召喚してみたのだが、その背中に乗ることは無理だった。

馬の乗り心地の良さを改めて思い知ったね。犀の背の上は小刻みな上下運動と凄まじい振動に襲われるので、それこそロデオマシーンに乗っているような状態なのだ。速度を上げれば、もう乗ってなどいられない。痔《じ》と腰痛にならなかったのは幸いだったろう。ライフバリアの恩恵か？

大犀のドローは、［生命回復］、［ファイア・ホイール］だ。［生命回復］が二枚になったのは僥倖《ぎょうこう》だろう。

さらに翌日、俺は［黒霧の長剣］を召喚した。

黒霧の長剣　黒4　C　オブジェクト
■黒2：装備　装備したモンスターは＋2／＋0強化される。戦闘時、対象の持つ天光、聖印、霊体スキルを無効化する。

天使などの白モンスターが主に備えているスキルを無効化できるが、こっちの世界でどこまで有効なのかは分からない。ゴーストはいるっぽいが、天使は神話上の存在とされているようなのだ。

天光：種族：ヴァンパイア、デーモン、アンデッド、邪神、魔人へのダメージを倍加する
聖印：種族：ヴァンパイア、デーモン、アンデッド、邪神、魔人からのダメージを無効化

霊体：バトル時、霊体、聖印、天光スキルを持つクリーチャーからしかダメージを与えられない

こんな感じだった。まあ、幽霊を斬れるようになっただけでも十分だろう。そもそも、普通の剣としても十分強力だ。

黒霧の長剣は、基となった《MMM》では正直雑魚カードの一種である。コストは微妙に重いし、それでいて強化はそこそこ。相手が天使や霊体系のモンスターを使うデッキなら活躍する目もあるが、上位互換のカードが存在してしまっている。

だが、こっちの世界では十分に名剣だった。＋2／＋0というのは、そこらの一般市民が中級魔獣を倒せるくらいの強化だからな。現在、3／4か4／4程度の強さを持っていると思われるゼド爺さんがこの剣を使えば、大型の魔獣でさえ屠《ほふ》れるだろう。

ただ、分からない点が装備という項目だ。ゲーム上ではそのコストを支払わなければ装備できなかったが、こっちの世界なら手に持てばそれで使えてしまう。装備コストを支払う必要などあるか？

そう思っていたが、コストを支払わないと柄に触れることができなかった。

鞘《さや》の部分を持てば持ち上げることは可能だが、抜き放つことはやはりできない。装備しなければ、まともに使うことができない仕様になっているのだろう。

さらに翌日、黒魔力が回復するのを待って実験してみると、コストを払って装備する人物を指定する必要があるらしかった。つまり、装備者に指定したゼド爺さんの専用装備になったということだ。他の人間が使うなら、再びコストを支払う必要がある。

味方も使えない代わりに、敵に奪われる心配が必要ないのは良かった。

あと、それは俺でも同じだった。そもそも、プレイヤーがオブジェクトを装備することはルール上できないからな、そこはこっちの世界でも適用されているらしい。みんなと同じように柄に触ることができないし、装備者に指定することもできなかった。

「ふはは！　これは良い剣だ！」

ゼド爺さんが木の枝で試し斬りをしながら、嬉しそうに高笑いをしている。その切れ味にテンションが上がっているらしい。持ち主を指定するという点も名剣っぽくて、気に入ったようだった。

「少々造作は気になるがな！」

元騎士であるゼド爺さんにとって、髑髏《どくろ》のエンブレムがあしらわれた全体が黒いこの剣は、少々邪悪に見えるのだろう。そこは我慢してくれ。呪いなんかはないからね。まあ、見た目は、装備すると血に飢えて人に襲いかかりそうな姿をしているが。

「くくく。試し斬りをしたいところであるな。コボルトあたりが出ないものか……」

あれ？　血に飢え……？

砦を出発して一週間。

俺たちは樹海を抜け、山間《やまあい》にある谷間へと差し掛かっていた。現在はその入り口で、休憩をとっている。

この谷を抜ければ目的の村まであと少しらしいので、今日中には到着できるかもしれない。

因みに、この一週間で俺のライフバリアは18まで回復し、いくつか試練を達成できている。

その中でも感慨深かったのが、これだ。

クレナクレムで三〇日過ごす：万能魔力1

この試練を、砦を出発した翌日に達成していた。

クレナクレムでの日々を思い出す。

楽しいこともあったし、死にかけたこともあった。それが、たった三〇日の間に起きたこととは、自分でも信じられない。こっちに来てまだ一ヶ月しか経っていないことが信じられない、濃密過ぎる日々だった。それでも、後悔はない。ゲームだけをしながら惰性で生きていた頃に比べ、圧倒的に生きている実感がある。

地球にいた頃なら、ある日突然死んでも俺は後悔しなかったと思う。だって、後悔するほど充実した人生じゃなかったから。でも、今はきっと後悔できる。それが悪いことだと言う人もいるかもしれないが、俺は逆だった。後悔できるほど、今が充実しているということだからだ。

「主？　難しい顔をして、どうされたのですか？」

「……なんでもない」

「そうでありますか？　何か問題があれば、ワフをお頼りくだされ！　どんな悩みも、ワフが全力で解決してみせますぞ！」

「はいはい。その時は頼むぞ」

「任せてくだされ！」

ワフの能天気な笑顔を見て、感傷的な気分が全部吹っ飛んだ。良くも悪くもね。でも、それがワフの魅力だろう。ゼド爺さんだって、エミルだっている。頼もしい仲間たちだ。

ああ、これも地球にいた頃とは全然違うな。人見知りだった俺はどこに行ったんだろう？　まだトビアやジェイド相手に緊張することはあるけど、それでも信じられないほどに他人とスムーズに会話できるようになった。

何度も恐ろしい目にあって、他の人に感じる恐怖が相対的に大したものじゃなくなったのかもしれないが。まあ、まだ全く知らない人と会話するのはちょっと嫌だけどね。

「にしても、こいつはヤバいな……」

道中、ハーピーと戦闘になったのだが、初見のハーピーはかなり悍《おぞ》ましい姿をしていた。それこそ、達成した試練を見返して、現実逃避してしまうほどに。

ハーピーたちは、ファンタジー作品に登場する見目麗しい乙女タイプではなかった。醜い鬼のような顔を持った、手が羽に変化した翼人の姿だったのだ。しかも、雄。手足を覆う羽毛のおかげで色々と隠れていたからまだマシだったが、それがなかったら悍ましさ倍増だったろう。

いや、雌だったらどうというわけじゃないけど。試練達成で手に入れたカードが美しいイラストだったので、その落差でなんとも言えない気持ちになった。

入手したハーピーカードは、目から血の涙を流した、漆黒の翼の女性型ハーピーである。こいつらを一定数倒すことで達成した試練で手に入ったのが、なんとSR《スーパーレア》カードだった。

ハーピー・バーサーカー・デモニスト　モンスター：ハーピー
黄3黒3　4／1　SR

■飛行、先制
憤怒：この一時間に貴方のコントロールするモンスターが戦闘で破壊されていた場合、これから一時間のあいだ、＋X／＋0強化を受ける。Xは破壊されたモンスターの数に等しい。
このモンスターを生贄《いけにえ》に捧げる。全ての飛行を持ったモンスターに、このモンスターの攻撃力分のダメージを与える。

なかなかピーキーな能力を持ったモンスターである。

設定的には、仲間を天使族に虐殺され、闇落ちしたハーピーの戦士長だったはずだ。まあ、ゲーム内のストーリー的には、それは実はゴブリンの策略で、本当は天使は悪くなかったとかいう物語だったはずだ。こっちの世界でどれくらい意味があるかは分からないが。

また、試練で入手できるカードにも、SRが入っていることが確認できたのも大きい。今後、さらに試練達成が楽しみになったのである。

当然ながら、道中では戦闘をしただけではなく、カードも何回か使用できている。

最初に使用したのは［生命回復］だった。道中でコボルトの群れに襲われ、マリティアが大怪我を負ってしまったのだ。

コボルトが破れかぶれで投げた槍が、偶然マリティアを直撃したのである。

マリティアの胸に深々と突き刺さった槍を見て、ポーションを使うまでの数秒さえ危険と判断した俺は、咄嗟《とっさ》に［生命回復］を使っていた。

あれは本気で心臓が止まるかと思ったね。今度は雑魚相手でも、決して気を抜かないようにしないといけないだろう。その時のドローである［生命循環の蛇《せいめいじゅんかんへび》］。その蛇のドローである［コボルトの薬師《くすし》］を、連日召喚しておいた。

生命循環の蛇　モンスター：爬虫類《はちゅうるい》
緑3　2／1　UC
■毎日一回、対象のダメージを1回復する。

コボルトの薬師　モンスター：コボルト
緑2　0／1　UC
■毎日、コボルトポーションを生み出す。
※コボルトポーション　オブジェクト　破壊すると対象のモンスターのダメージを1回復

生命回復を使った後に、連続で回復能力を持ったモンスターが来た。運命的なものを感じてしまうが、まあ偶然だろう。

現在の手札は［超トラバサミ］、［比翼のワイバーン］、［生命回復］、［ファイア・ホイール］、［風霊《ふうれい》の宝玉珠《ほうぎょくじゅ》］、［強制成長《きょうせいせいちょう》］である。

強制成長　緑2　C　スペル
■詠唱、対象の植物を+0／+3し、再生（緑2）、防衛を与える。

風霊の宝玉珠　黄2　UC　オブジェクト
■毎日、黄魔力を2生み出す。二日後破壊される。

［強制成長］、［風霊の宝玉珠］は使い所がなかなか難しい。［ファイア・ホイール］は範囲攻撃の火魔術なので、樹海では使えなかったんだが、荒地が続くこの辺りなら使う場面がありそうだ。

今や緑魔力を毎日3も使えるので、万能魔力はかなり溜《た》めることができた。なんと、13もある。

手札使いたい放題なんだが、なかなか使うタイミングがね……。

［比翼のワイバーン］は、3／2のワイバーンを二体召喚するカードだ。強いんだが、ワイバーンたちの食事のことを考えると、無駄に召喚するのも躊躇《ためら》われるのである。今はまだなんとかなっているが、獲物が豊富な樹海を抜けたことで、餌の確保がどうなるかも分からなかった。

現状、それなりの大所帯になってきている。俺、ワフ、ゼド爺さん、エミル、トビア、ジェイド、マリティア。そこに、虎人の大剣士、蔦鼠《つたねずみ》、コボルトの探検家、コボルトの狙撃弓兵、バルツの森の見張役、汚物処理のスライム、生命循環の蛇、コボルトの薬師という肉食系モンスターが加わっていた。さらに、大食らいであると思われるワイバーンたちを加えるには、勇気がいるのだ。

伝令のペガサス、シルバーシープ、岩甲殻の大犀は草食だし、ポルターガイストメイドは俺たちの魔力を少し吸わせるだけで良いので簡単なんだけどね。

数が増えたモンスターたちを眺めていると、先行偵察に出ていたトビア、ジェイド、メイドさん、探検家の索敵班が戻ってくるのが見えた。

「おおい、どうだった？」

「トールさん。ちょっとまずい状況だ」

「まずい？」

「ああ。谷の途中に、巨大な魔獣が陣取っている。あれをどうにかしなきゃ、先に進めない」

どうやら、そう簡単には目的地に辿り着くことはできないらしかった。

それにしても、巨大な魔獣って、どれくらいの大きさなんだ？　トビアの慌て様からすると、並のサイズではないのだろう。

「谷を完全に塞《ふさ》いじまうくらいにはデカいし、タッパも二〇メートル近くあると思います」

「はぁ？」

俺は思わず谷を見た。

この辺は切り立った小山が連なっており、今俺たちがいるのはその山と山の間に刻まれた、細い間道の入り口である。この細い道を進んだ先に、目当ての村があるそうだ。

ただ、細いとは言っても一〇メートルほどの幅はあるだろう。しかも、高さも二〇メートル近い？　確かにそれは巨大だった。

とりあえず全員で集まって、トビアたちからの詳しい報告を聞くことにする。

「それで、谷を塞いでいるのは、どんな魔獣なんだ？　名前とかは分かるのか？」

「ああ……。多分ですが」

「多分？」

「俺も見るのは初めてなもんで……」

谷を塞いでいるのは、茶色い皮膚を持った、全身毛むくじゃらの巨人であるという。しかし、その顔は猪をより醜くしたような姿で、知性はあまり高くはなさそうだったらしい。

「あれは、トロールだと思います」

「トロールだと！　実在していたのか！」

ゼド爺さんが大声で驚くくらいだから、かなり珍しい魔獣なんだろう。

俺のイメージでは、ゴブリンと巨人を混ぜたような、巨大な人型の魔獣である。生命力が強いが、魔術に弱く、ゲームでは後半の強ＭＯＢか、中ボスくらいの扱いになっている。

ただ、オーガの時もそうだったが、こっちの世界では俺の想像よりももっと伝説的な存在であるそうだ。

「確か、樹海遠征軍の記録に登場するんでしたっけ？」

元村娘であるエミルでさえ、名前を知っているレベルか。

何も分からない俺のために説明をしてもらったんだが、その扱いは確かに伝説級であった。名前は広く知られているのに、その詳細は誰も知らないのだ。

その記録が驚くほどに少ないらしい。生息地域が限られているうえ、挑む者がほとんどおらず、戦闘記録がほとんどないからだ。唯一ハッキリ戦ったと記されているのが、樹海を踏破しようとして滅んだという、樹海遠征軍の行軍記録の中である。

その記述と、僅かな生き残りの証言を併せたものが、トロールの数少ない具体的な記録だった。

まず、樹海の北限近くに群れで生息し、人を積極的に襲ってくるそうだ。

戦闘力は非常に高い。その巨体に見合った超腕力と、倒したと思っても油断できない異常な再生力。そして、獲物を執念深く追う貪欲さを持ち合わせた、危険な魔獣である。

トロール一体に対して、兵士三〇〇人が犠牲になったと書かれているらしい。

しかも恐ろしいことに、トロールはある魔獣を引き寄せる。

「ある魔獣？」

「うむ。竜だ」

「はぁ？　竜だって！」

空を飛び、ブレスを吐き、鋼鉄の剣さえ弾く鱗《うろこ》を持った、魔獣たちの王。

どうもトロールを餌にしているらしく、腹をすかせた竜が生息地付近に姿を見せるらしい。

ここで疑問が一つ出てくる。竜なんて恐ろしい存在に狙われ続けているのに、どうしてトロールが樹海の北側に棲《す》み続けているのかということだ。

ただ、それもすでに大勢の学者によって議論されていた。結局、トロールの巨体を維持するためには、豊かな猟場《りょうば》である樹海の北側に棲み続けるしかないのではないかと結論付けられたらしい。

獲物が多い場所でなくては、トロールの腹は満たされないのだろう。

群れでいるならなおさらだ。そして、そのトロールの群れを竜などのさらに凶悪な魔獣が狙っている。樹海の北側では、軍を壊滅させるほどの凶悪な魔獣でさえ、食物連鎖の一部に組み込まれているらしい。絶対に行きたくないな。

しかし、ここは樹海の西部である。トロールの生息域とはだいぶ離れているはずだった。

「じゃあ、なんでこんなところにいるんだ？」

「迷い込んできたとしか……」

いや、トビアのせいじゃないんだし、そんな申し訳なさそうにされると俺が困るんだが。

まあ、生き物である以上、動き回って生息域から離れてしまう可能性はゼロではないだろう。だとすると、俺たちは運が悪かったってことか。

「それで、どうするのだ？　儂もトロールは初見故《ゆえ》、その強さもいまいち分かっておらん。だが、戦うというのであれば、全力を尽くそうぞ」

「ワフも頑張りますぞ！」

好戦的な二人はそう言うよな。俺としては危険は冒したくない。少し強そうという程度ならともかく、相手は伝説級の魔獣なのだ。

「迂回路《うかいろ》はないのか？」

「この谷を抜ける以外の道を俺たちは知りません」

「山を無理にでも越えて、トロールを避けるのは？」

「この辺の山は急斜面なうえに脆《もろ》いんで、普通に歩いて越えることはできやせん。ペガサスに乗せてもらって何往復もすれば迂回はできるとは思いますが……」

ペガサスに乗れないメンバーは、結局無理ってことか。この面子で言えば、大犀は置いていくことになる。

「でも、それでもいいんじゃないか？」

大犀は砦に戻せばいいし、ペガサスに頑張ってもらうだけで済むなら、その方が安全だ。

「よし、まずはトビアたちに先に行ってもらって、安全な場所を確保してもらおう」

「分かりやした」

「むぅ、戦わんのか……」

「当たり前だ。どんだけ強いのかも分からないんだからな」

「残念でありますな」

「一当てしてみても良いのではないか？」

「ダメ！」

なんと言われようと、戦いません！

そして、安全地帯確保兼偵察部隊として、トビア、探検家、狙撃弓兵、メイドさんに先行してもらうこととなったのだが……。

「あ、あれって……」

ペガサスが飛び立ってすぐに、何やら鳥のようなものが無数に現れた。だが、鳥ではない。

「ハーピーの群れですぞ！」

「や、やべーじゃねーか！」

空を飛ぶペガサスの周囲を、一〇匹以上のハーピーが取り囲んでいた。どうやらこの山岳地帯が奴らの縄張りであったらしい。

コボルトの狙撃弓兵やメイドさんがハーピーを落としているが、多勢に無勢だ。慌ててペガサスが戻ってくる。

ハーピーを引き連れて。

「クケェェ！」

「皆の者！　トビアたちの援護をするのだ！」

「はいですぞ！」

「マ、マリティアとコボルトの薬師はこっちだ！　大剣士、守ってやってくれ！」

「ガオ！」

俺たちが陣形を整える間にも、醜い雄ハーピーたちが群れを成して迫ってくる。ああ、キショイ！　見てるだけでSAN値が削れる！

「クケェェ！」

「ちょおおりゃぁ！　主には指一本触れさせませんぞ！」

「せい！　はは！　やはりこの剣は素晴らしい！」

「たぁ！　トールさん、大丈夫ですか！」

「お、おう」

みんな頼もしすぎるな！　ワフでさえ、ハーピーを一匹倒していた。

いや、俺だって槍を振るって戦ったぞ？　あっさりハーピーに弾かれて、転びそうになったけどさ。それに、エミルを庇《かば》ったりもしたのだ。頼れるタンクってとこだな。まあ、ライフバリアのおかげだけど！

そうして、襲ってきたハーピーたちを撃破した俺たちは、谷の入り口で再び休息をとっていた。

怪我した者たちの応急処置や、ハーピーの解体を行うためだ。

俺はエミルを庇うためにライフバリアが1減ってしまったが、それよりももっと大きな問題に直面していた。

「うぅ……ハーピーの解体は俺には……」

ハーピーは半端に人型をしているため、その解体は非常にグロテスクだったのだ。頑張って解体を手伝おうとしたんだが、俺にはどうしても無理である。吐き気を堪《こら》えきれなかった。

「では、ワフにお任せくだされ！」

「さっきの戦いじゃあまり役に立たなかったし、俺たちに任せてください」

ハーピーの肉はマズいし臭いしで、とても食べられたものではないらしい。俺的には人型の魔獣を食べたくはないので、むしろ好都合だが。

ただ、その体内にある石が、魔法薬の材料として取引されるそうだ。

ファンタジーで定番の魔石かと思ったら、ちょっと違っていた。魔石ではなく、共鳴石《きょうめいせき》という名前であった。ハーピーが大声を出す時に増幅器の役割を果たす、魔力の籠った胆石のような物らしい。後は、一部の羽根は矢の材料として取引されているという。

「うぅ……」

「トールさん、どうぞ」

「エミル、ありがとう」

エミルが差し出してくれた薬草茶を飲むと、胸がスーッとして、気持ち悪さが和らぐ。

「これ、エミルが作ったのか？」

「そうですよ。ワフちゃんに習いながらですけど」

ポーションだけではなく、薬草を使ったお茶やハンドクリーム、香水なども作り始めているようだ。戦闘訓練も頑張っているし、本当に頭が下がる。俺も負けてられない。ただ、ハーピーの解体は絶対に無理だ。ただ、試練を達成して、魔力とポイントを入手できたのはラッキーだった。

これで万能魔力は15。色々なことができるだろう。ポイントも20溜まったので、カードパックが買える。カードも二枚入手できた。［アサルト・ハーピー］と、［翼女人《ハーピー》の降下猟兵《こうかりょうへい》］である。飛行能力はあるが、使う機会は来るかね？

どちらも美しい女性型ハーピーの描かれたカードたちだ。これを見て思い出したが、《MMM》においてハーピーは翼女人と表記するんだったな。そりゃあ、女性タイプしか存在しないわけだ。やはりクレナクレムのハーピーとは、だいぶ違っているらしかった。

「確認はこんなもんだな……。さて、この後どうするか」

ハーピーの群れは倒したが、あれで全部とは思えない。この山岳地帯に、広く生息していると思われるからだ。とてもではないが、ペガサスで移動できそうにもなかった。

「いや、それでも何度も往復すれば……」

ハーピーを釣ってきてはみんなで倒すということを繰り返し、道中のハーピーを全て駆除することはできるんじゃないか？　少なくとも、巨大なトロールと戦うよりはマシな気がする。

しかし、俺の提案はトビアたちに却下されてしまった。たとえ一時的にハーピーが減っても、空いた縄張りにはすぐに別のハーピーがやってきてしまうらしい。縄張り意識が強いみたいだし、他の群れが消えれば、空いた縄張りを確保しようとするのは当然か。

「だとすると、トロールを突破するしかないんだが……。なんとかなるような相手なのか？」

「普段なら、絶対に挑まないですね。ただ、トールさんのお力があれば……どうでしょう？」

「だよな。トールさん次第でしょうねぇ」

俺の質問に、ジェイドもトビアも考え込んでしまった。トロールはオーガを超えるランクの魔獣だ。魔術を使うという報告はないが、その巨体と再生能力だけでも十分に恐ろしい。まず、一パーティで挑むような相手ではなかった。普通であれば、何百人もの軍勢で挑む相手である。

俺の不思議な力を目の当たりにしていても、勝てるとは言い切れないらしい。

「だが、やらぬわけにもいかぬだろう？」

「まあ、そうなんだよな。ここで引き返したって、追っ手と戦いになるだけだし」

ゼド爺さんの言葉ももっともだ。引き返す選択肢はない。

「なれば、策を練り、トロールを屠るしかなかろう」

「結局、それしかないか……」

実のところ、俺の手札には使えそうなカードがある。

超トラバサミ　無色2　C　オブジェクト
■このカードを生贄に捧げる。対象の攻撃力5以下のモンスターは一日のあいだアタックもブロックもできない。

敵の動きを封じてくれるアイテムだ。

問題は、トロールの攻撃力が5よりも上かどうかって点だろう。結構ギリギリだと思うんだよな。

大きさ的には同等と思われる巨人殺しのニシキヘビが4／5のステータスだった。

それよりも多少強いと考えて、5／5程度という想定は十分成り立つのだ。しかし、それよりも強かった場合、トラップは効かず、正面からの殴り合いとなってしまうだろう。

［肉体強化《にくたいきょうか》の呪印《じゅいん》］もないし、その場合は黒霧の長剣を持ったゼド爺さんが頼りだな。ツリーアーマーの能力を使えば、さらに＋3／＋3までは強化できる。

「ふはは！　任せておけ！　儂がトロールを倒してくれる！」

俺の説明を聞いたゼド爺さんは、怯えるどころか、楽し気にそう笑う。こういう時は、本当に頼りになるのだ。

「まずはトラバサミを設置する場所を決めるか」

「そうでありますな。トビア殿、大まかな地形をここに描いてくだされ」

「ああ、分かった」

ワフが紙とペンをサッと差し出した。さすがワフ。できる女だ。

トビアたちとの簡単な会議の結果、対トロール用の作戦が決まった。作戦と言っても、そこまで難しくはない。ペガサスやコボルトたちが囮《おとり》となってトロールを誘導し、超トラバサミで拘束。その拘束が破られないことを確認した後に総攻撃。そんな流れである。

大きな問題点は三つ。

一つ目はトロールの足の速さ。鈍重そうに見えるが、それでは獲物を捕らえられないだろう。見た目に反して素早く動く恐れもあった。

二つ目は、トロールの頭の良さ。もしトロールの狩りを支えているものが身体能力ではなく、その知能だったら？　トロールのイメージに反して狡猾《こうかつ》な可能性もあり、その場合はトラバサミを見破られるかもしれない。

三つ目は、[超トラバサミ]でトロールを拘束可能かどうか。想定以上の腕力を持っていたり、気功を使用できた場合は、トラバサミから逃げられてしまう恐れもあった。この世界に来てから何度も、気功や魔力でカードの効果を上回られたことがあるのである。

一つ目の問題は、足の速いコボルトやペガサスを囮に使うことで対処することにした。コボルトの探検家、コボルトの狙撃弓兵、伝令のペガサスの組み合わせである。俺たちの中では最も身軽なコボルトたちであれば、ペガサスの飛行速度は損なわれないだろう。

二つ目の問題は、超トラバサミを隠して設置しようと思う。穴を掘って、その底に超トラバサミを設置。そして、穴に土を被せて偽装するのだ。素の状態で置くよりはマシなはずだった。

三つ目の問題は、祈るしかない。もし拘束をあっさり抜けられた場合は、魔力を使い切るつもりでごり押しするしかないだろう。

「それじゃあ、まずは穴を掘ろう」

「うむ！　任せておけ！」

「ガオ！」

ここは肉体派たちの出番である。この谷は一本道とは言っても、一直線なわけではない。そこで、大きくうねったS字カーブを決戦の場にすることにした。曲がりくねった道を利用して、トロールから身を隠せるからだ。

三〇分もすれば、底の浅い、直径三メートルほどの穴が完成する。

「このくらいでいいと思うぞ」

「良いのか？　もっと深く広く掘れるが？」

ゼド爺さんがそう聞いてくるが、落とし穴を掘りたかったわけではないからな。

［超トラバサミ］のイラストは、巨人族の足をガッチリと咥《くわ》え込んだ巨大なトラバサミの絵柄である。

これから想像するに、サイズは直径で二メートルほどだろう。トラバサミを隠すだけならこの穴でも十分なはずだ。

「それじゃあ行くぞ。［超トラバサミ］召喚！」

そうして姿を現したのは、巨大なトラバサミだった。だが、サイズ以外は普通である。本当にどこにでもありそうな普通のトラバサミを、大きくしただけの外見だった。

それを見たゼド爺さんが微妙な顔をしている。

「……なあトールよ」

そんな不安げな声を出されると、俺まで心配になるじゃないか。

「分かってる。分かってるが……。大丈夫だ」

「うーむ。お主が言うのであれば確かなのであろうが……」

大丈夫だ。間違いなく俺によって召喚されたものなのだ。ちゃんと、カードに書かれた通りの効果を発揮してくれるはず——だと思う。

「とりあえず、この穴の上に木の枝と布で蓋をして、土を被せるぞ」

「うむ。そうだな」

それで罠の準備は完了である。あとは、トロールを連れてくるだけだ。獲物を執念深く追うって話だし、誘導は問題ないだろう。

「それでは、作戦開始でありますな！」

「おう！」

コボルトたちが出発したのを見送り、俺たちは予定通り曲がり角に身を潜める。顔を出せば、罠を設置した場所が見える位置だ。

「さて、試練を達成してるな」

なんと、試練を一〇〇個達成と表示されている。ポイント1しか貰えなかったが。

「それにしても、試練を一〇〇個も達成したのか……」

こんな場合じゃなければ感慨に浸れたのかもしれんが、今はそれどころじゃないのだ。

「で、ドローしたのは……おお！　ここでこれを引いたか！」

「主、何を手に入れたのですか？」

「こいつだ」

電撃《でんげき》の大剣《だいけん》　赤2　C　オブジェクト
■赤2：装備　装備したモンスターは＋2／＋0強化される。アタックの代わりに、対象に1点ダメージを与えることを選んでもよい。

それは、紫電《しでん》を纏《まと》った大剣が描かれたカードであった。鍔《つば》や剣身に赤い幾何学《きかがく》模様が描かれた、派手な剣である。黒霧の長剣と並ぶ強力な装備品カード。［電撃の大剣］だった。

＋2／＋0も強いんだが、ダメージを与える能力も強い。多分、電撃を飛ばすってことなんだろう。

「か、かっこいいですな！」

イラストを見たワフが、興奮したように上ずった声を上げる。

「だなぁ。これ、誰に使ってもらうか……」

「主！　主！　ぜひワフに！　ワフにくだされ！」

「え～？　ワフ～？」

「な、何ゆえにそんな嫌そうなお顔を！」

「嫌っていうか、ワフが装備できるのか？　この巨大な大剣をさ」

確実にワフよりも大きいぞ？

「なんの！　ワフにかかればこの程度の鉄の塊、なんということもありませぬ！　ですから主～！　お～ね～が～い～し～ま～す～ぞ～！」

ワフが俺の服の裾を掴んで、何度も引っ張る。オモチャをねだる駄々っ子のようだ。幼女の姿だから、メチャクチャ様になっているな。

まあ、ワフがこれを装備するメリットはある。電撃を飛ばす能力をメインに使わせれば、無理して前衛に出るようなことも減るだろう。こいつ、何故か前に出たがるからな。

しかし、ここでおねだりに負けたような形で大剣を渡すのはいけない。ねだってお願いを聞いてもらえると分かれば、それが癖になってしまうからな。ちゃんと、メリットがあるからオッケーしたのだと、教えておかねば。

「遠距離から攻撃できる手段は貴重だからな」

「で、ありますな」

「その剣持って闇雲に突っ込むんじゃなくて、ちゃんと俺の指示通りに動くんだぞ？」

「当然であります！　ワフは主の忠実な僕《しもべ》でありますからな！」

「あと、使ってもいいけど、ちゃんと装備できたらだぞ？」

「了解であります！」

「持てなかったら、素直に諦めろよ？」

「わかっております！」

「ならいいが」

「ワッフー！」

「トールさん。なんだかんだでワフちゃんに甘いですよね」

何故かエミルに微笑ましいものを見る目で見られてしまった。解《げ》せぬ。

まあ、いい。コボルトたちがトロールを引っ張ってくる前に、大剣を使えるようにしておかねば。

「［電撃の大剣］、召喚！」

「おお！　実物はもっともっとカッコイイですな！」

ワフが言う通り、召喚された電撃の大剣は非常に存在感があり、頼もしかった。イラストには描かれていない、金属製の鞘まである。剣と同じ、銀色の金属に赤で装飾が施された派手な鞘だ。

「ふおおお！　主！　早く！　早くっ！」

「はいはい。分かってるから」

俺は魔力を支払い、電撃の大剣の装備者をワフに指定してみる。

「どうだ？」

「むむ！　これは！」

地面に置かれた大剣に手を伸ばしたワフが、真剣な顔で唸《うな》り声を上げた。

「ダメだったか？」

だとしたら魔力だけが無駄に消費されたことになってしまうんだが。

「メチャクチャ軽いですぞ！　普通の剣と変わりませぬ！」

ワフが振り回す大剣は、非常に重々しい風切り音を発している。さらに、ワフが手近な岩に大剣を叩き込むと、ドゴンという破砕音とともに岩が砕けた。どうやら、装備者だけは軽く感じるものの、本来の重量が失われたわけではないらしい。これはメチャクチャ強いんじゃなかろうか？

「ふはは！　これがあれば、どんな敵でも相手ではありませぬ！」

とりあえずは調子に乗りまくりのワフを落ち着かせないとな。このままだと、トロールに突っ込んでいきかねないのだ。

テンションが上がり過ぎていたワフをなんとか宥《なだ》め、俺たちは再び身を潜めた。

それにしても、幼女のワフが自分の倍以上もある大剣を手にしている姿は、非常に違和感があるな。それと、問題も一つ発生した。ワフが大剣を持ち運べないのだ。ワフは重さを感じていないようだが、大きさまでは変化しない。腰に提げれば全体を引きずってしまうし、斜めに背負えば先端が地面に引っかかって歩けない。

唯一持ち運べたのは、真横にして背中に括りつける方法だ。だが、周りの邪魔になるし、いざという時に剣を抜くこともできない。

「やっぱ、もっと大きい奴が使う方が良さそうだな」

「お、お待ちくだされ主！　何とぞ！　なーにーとーぞー！」

「いや、でも、咄嗟に抜けないいんじゃ、戦力半減じゃん？」

「うぬぬ～」

魔力も勿体ないから今回はこのままでいいけど、トロールを倒したら大剣士あたりに付け替えよう。そう思っていたら、ワフが何やらゴソゴソとやっている。

そして、面白い方法を編み出したのであった。

「これならいけますぞ！」

「なるほど」

ワフが腰に提げている袋から、大剣の柄だけがニュッと飛び出している。とてもではないが大剣本体が入る大きさではないが――。

「拡張袋を使ったのか」

「そうであります。これならば、ワフでも大剣を腰に提げられますぞ！」

「……その袋は使ってないいし、いいか」

ワフが使った拡張袋は、ゼニドーの屋敷で殺した兵士の死体を入れていた袋だ。人の死体を入れた袋に食材や日用品を入れる気にもならず、余らせている状態だった。ああ、中に入っていた死体はすでにミミックトレントの養分になってもらったので、もう入ってはいない。

元々は米袋くらいの大きさなんだが、腰に提げられるサイズになるように丸めたようだ。入り口さえ開いていれば、内部空間に問題はないようだった。やはり、不思議な袋だ。

「しばらくはそれでいってみろ」

「了解であります！」

大剣の所持が認められ、ワフが満面の笑みを浮かべる。よほど嬉しいらしく、尻尾が凄まじい勢いで左右に振られていた。

「くふふ。トロールめ、この剣でビリビリにしてやりますぞ」

「前には出るんじゃないぞ？」

「分かっております！　主は心配性でありますなぁ」

だって、ワフの態度を見ていると全然安心できないんですもの。

「と、ドローを確認してなかった」

電撃の大剣のドローは、［灰色狼《はいいろおおかみ》］であった。

現在、万能魔力12、緑魔力2だ。そして、直近で使う可能性があるカードは、［比翼のワイバーン］黄5、［ファイア・ホイール］赤4、［生命回復］緑3だろう。万能魔力が2余る計算だ。

「よし、使えるな」

トロールへの攻撃要員として、召喚しておこう。そう考えた直後だった。

「主！　きましたぞ！」

「ついにか！」

ワフの鋭い聴覚が、トロールの足音を捉えたらしい。一〇秒もすると、俺にも同じ振動音が聞こえてくる。

それから程なくして、足元が微《かす》かに揺れ始めた。

「見えた！　三匹とも無事だ！」

「誘導も上手くいっているようですな！」

コボルト二匹を背中に乗せたペガサスが、超低空飛行で谷間を抜けてくる。

その後ろを、巨大な二足歩行の生物が走っていた。その身長は一〇メートルを遥かに超え、二〇メートル近い。土色の皮膚に、赤い瞳。全身を覆うこげ茶色の長い毛には苔《こけ》でも生えているのか、ところどころが緑色だ。顔は、ゴリラに鋭い牙を生やして、鼻を豚のものに取り換えたような感じだろうか。俺が最初に想像したのは、茶色いイエティだった。

あれがトロールだろう。

トロールとペガサスの距離は、非常に近い。見ているこちらがハラハラするほどだ。どうやらあえて飛行速度を抑えることで、トロールに「もう少しで捕まえられる」と思わせているらしい。

トロールはまんまとその作戦に引っかかり、最早ペガサスしか見えていないような状況だった。

頭はあまり良くなさそうだ。走る速度もそれほど速くはないな。いや、そう見えるだけで、一歩の歩幅が相当大きいか。ペガサスだからこそ逃げきれているんだろう。

コボルトたちも普通に逃げては捕まるからこそ、ペガサスに乗っているんだろうしな。

「ウガオオオオ！」

「ヒヒィィン！」

危なっ！　もう少しでトロールの指が当たるところだったぞ！　しかし、ペガサスは逃げることもせず、むしろ挑発するようにトロールを振り返ると、これ見よがしに尻尾を振ってみせる。ペガサスがあれほどイケイケの性格だったとは……。

さらにコボルトの狙撃弓兵が弓を放って、トロールを挑発していた。

「ウグオオオオ！」

トロールは完全にお冠だ。両手をがむしゃらに振り回し、ペガサスをなんとか捕まえようとしている。巨大な怪物は怒りと食欲のままに、猛ダッシュで谷を突き進み――。

「グガオオォ？」

超トラバサミを踏み抜いた。トロールの丸太のような足に、金属の歯ががっちりと噛みつき、動きを封じている。必死に足を抜こうとしているようだが、動かないらしい。

トロールほどの巨体であれば、罠ごと持ち上げられそうなものだが、それも無理なようだ。さすがカードのアイテム。不思議パワーが発揮されているらしい。

「やった！　かかりましたぞ！」

「待てワフ！　まだ様子見だ！」

「お、おお？　申し訳ありませぬ。思わず」

嬉しさの余り飛び出していきそうになったワフを引き留める。こいつ、俺が襟首掴んで止めてなかったら、一人で突撃してただろ。

「あと、お前は遠距離攻撃担当だからな」

「も、もちろん忘れておりませぬよ？」

忘れてたな。まあ、いい。

「グアガガ！　グガァ！」

「うむ。トロールは逃げ出せぬようだな」

「よーし！　だったら、あとは奴を倒すだけだ！　みんな、行くぞ！」

俺の号令で、みんながトロールに向かって駆け出す。しかし、超トラバサミによって捕らえられながらも、トロールは完全に無効化されたわけではなかった。

「グガガオ！」

「避けろ！」

攻撃を仕掛けようと接近したゼド爺さんたちに、トロールの拳が振り下ろされる。

当たりはしなかったものの、その迫力はみんなの足を止めるだけの迫力があった。地面の凹《へこ》み具合を見れば、一発貰っただけでアウトだろう。慌てて距離をとっている。

超トラバサミのカード効果には、アタックもブロックもできないと書いてあるんだが、接近してきた相手に反撃する程度はできるらしい。まあ、その場から動けないって程度の意味なのだろう。

しかし、そうなるとなかなか難しい。何せ、遠距離攻撃の手段に乏しいのだ。矢は長い毛によって防がれてしまうし、魔術師もいない。使えるのはゼド爺さんの気功か、ワフの電撃の大剣くらいだろう。被弾覚悟で接近するには、相手の攻撃力が高過ぎる。

「ワフ！　攻撃だ！」

「了解であります！　ちょりゃあぁぁ！」

ワフが俺の横で、電撃の大剣を振り下ろした。すると、俺の想像通り、紫電がトロール目がけて飛んでいく。

「グアアガガガ！」

トロールが顔を歪《ゆが》め、咆哮を上げた。直撃を受けた胸元を掻きむしるその姿からは、明らかに苦痛を感じていることが分かる。

「効いてますぞ！」

「おう！　もう一発だ！」

「はいであります！　ワッフー！　ありゃ？」

「どうしたワフ？」

「むーん。電撃が飛びませぬ」

どうやら連発できる技ではなかったらしい。よく見ると、大剣が纏っていた電撃が消えてしまっている。だが、考えて見れば当然だ。振れば必ず電撃が飛ぶんなら、その場でメチャクチャに振り回したっていいもんな。それは強過ぎる。一定間隔でしか使えないのだろう。

「じゃあ、大剣がまた使えるようになったら、教えてくれ」

「了解であります」

モンスターたちは、連携して攻撃を仕掛けている。バルツの森の見張役やポルターガイストメイドがトロールを引き付け、虎人の大剣士や岩甲殻の大犀が背後から一撃離脱を行っているようだ。

ただ、即座に離脱しなければいけないせいで、あまり強い攻撃はできていない。しかも、トロールの再生力は噂通り出るらしく、多少の傷はすぐに塞がってしまう。

あれを倒すには、相当強力な一撃が必要だろう。それこそ、大剣士の強化能力を使う必要があるかもしれん。

モンスターたちの攻撃を見守りながら、俺は灰色狼を召喚してなかったことを思い出していた。

「あの巨体にどこまで通用するか分からんが、少しでもダメージを与えられる可能性があるなら喚んでおこう」

手札から灰色狼を召喚する。

「仲間たちと連携してあのデカブツを牽制しろ。無理はするなよ」

「オン！」

さて、ドローはどうかな？

「……え？　まじ？」

思わず二度見してしまった。それほど、驚きのドローだったのだ。久しぶりに、神引きじゃないか？

生物即死《せいぶつそくし》　黒4　C　スペル
■対象モンスターがアンデッド、オブジェクト以外であった場合、そのモンスターを死亡させる。

考えてみたら、メチャクチャ強いカードだ。何せ、生物であれば確殺である。目の前の超巨大魔獣、トロールであっても。

「使うか……？」

例えば、ドラゴンとかそういう相手に使った方が良くないか？　だが、トロールも十分強い相手だし……。

「ジジ殿！」

「！」

悩んでいると、ワフの悲鳴が響き渡った。慌てて振り向くと、トロールの繰り出した拳に弾き飛ばされ、ゼド爺さんが宙を舞う姿が見えた。

「ゼド爺さん！」

「……ぐ、ぐぬ……。大丈夫だ」

ゼド爺さんが頭を振りながら、即座に起き上がる。

良かった。命に別状があるような怪我ではなさそうだ。

しかし、これで決心がついた。やはりトロールは足を封じた状態でも危険な相手である。確実に倒せるなら、その力を使うべきなのだ。

「みんな！　今からトロールをカードの力で倒す！　少し離れてくれ！」

「倒す？　あれを？」

「いくらトロールさんでも……」

トビアとジェイドは、懐疑的な目で俺を見ている。ここまでで奴のタフネスさを理解しているからだろう。しかし相手が生物である以上、このカードの効力から逃れることはできない。

みんなが倒れたトロールに巻き込まれない位置まで退避したのを確認し、俺はカードを高々と掲げた。

「対象、トロール！［生物即死］！」

「ガ……？」

俺が持っていたカードから光線のように黒い光が放たれ、トロールを包み込む。それは、白井がこのカードを使った時の光景に酷似《こくじ》していた。

ポカンとした様子のトロールに、苦しむような様子はない。

だが、黒い光はその命を確実に奪っていた。

トロールの全身が弛緩《しかん》し、そのまま大地に崩れ落ちる。それが、巨獣トロールの最期であった。

「え？　倒した、のか？」

「嘘だろ……」

トビアとジェイドは呆然としたまま固まっている。

「ふはは！　さすが主でありますな！」

「凄いですトールさん！」

ワフとエミルは大喜びで俺に駆け寄ってきた。やはり、古参の仲間たちは色々と慣れているらしい。

しかし、倒したはいいが、この巨大な魔獣の死骸《しがい》をどうすべきだろう？

「なあ、トロールって、何か素材が採れるのか？」

「え？　いや、俺たちも詳しくは……」

「何分、伝説級の魔獣ですからね」

冒険者でも、分からないらしい。しかし、俺にはスーパー雑用係のワフがいるのだ。俺が視線を向けると、得意げに知識を披露してくれる。

「トロールは色々と使えますぞ！　肉や内臓は食べるだけで滋養強壮効果がありますし、骨は頑丈で武具にも建材にもなります！　さらに、この毛！　丈夫で、様々な用途に使えるでしょう！　血と皮には使い道はありませぬが、それ以外はほとんどが素材になるのですよ！」

「おおー」

ドヤ顔で語るワフに、思わず拍手してしまった。しかし、ここはハーピーの巣食う危険地帯のど真ん中。この場で解体している余裕もなければ、人手もない。残念だが、持てる分だけ持って、あとは放置かな。

ワフたちとどこを解体するかを相談していると、モンスターたちが軽く吠えた。

「うん？　どうした？」

そこに警戒の色を感じ取り、俺たちは再び身構える。

「トールさん！　谷の向こうから、人が来ます！」

コボルトと一緒に見張りをしてくれていたエミルが、緊張した声で警告を発した。どうやら、複数の人間が、こちらに向かってくるらしい。

「この先は、もう俺たちが向かっていた村しかない。多分、そこの人間だ」

「トールさん。敵対しないように、指示を出してくれ」

「なるほど。分かった」

目的地の住人か。これは絶対に揉《も》め事は起こせないな。

「聞いたな？　俺の命令があるまでは、絶対に攻撃しないように！」

「了解でありますぞ！」

さて、どんな相手なのか……。

トロールの死骸の前で、こちらに向かってくるという人間たちを待つ。

やってきたのは、馬に乗った三人の男たちであった。全員がそれなりに鍛えているのが分かる。

この先にある村の冒険者かな？

男たちの目的が分からないのでかなり警戒していたんだが、相手の態度はとりあえず敵対的なものではなかった。

「おおーい！　あんたらが、そのデカブツを倒したのかーい？」

こちらが警戒しているのを見越してか、かなり手前で馬の足を止めると、その場からこっちに呼びかけてきたのだ。

ここは、相手の情報を持っているトビアたちに交渉を任せることにした。俺たちは後ろで見守りつつ、荒事になった場合に即座に対処する役目だ。

「そうだ！　俺たちが倒した！」

質問にトビアが返事をすると、男たちが驚愕《きょうがく》の表情で騒《ざわ》めいた。

「ほ、本当か？」

「おいおい。そっちから質問してきたんだろ？」

「す、すまない。そうだったな。それ、どうやって倒したんだ？」

「冒険者が手の内を明かすわけないだろ？　まあ、少し罠に嵌《は》めてやっただけだよ」

「そ、そうなのか。凄いな」

そのまま、両者の腹の探り合いが続く。三人の中で、こちらに声をかけてきたカグートという男がリーダーであるらしい。カグートが主導して、トビアと話し合いを進める。

どうやら、向こうもこっちを警戒しているらしい。考えてみたら、トロールを倒しているのだ。本当だとしたら、俺たちは向こうの想像を遥かに超えて強い可能性もある。

悪人かどうか、見極めているのだろう。

彼らはトロールをずっと監視していたらしく、今回の異変をいち早く察知して偵察に来たようだ。そうして話が進むと、俺たちの目的地がこの先の村であるという話になった。トビアが知人の名前を出すと、彼らの態度が目に見えて軟化する。どうやら男たちの同僚であるらしい。彼らは村の自警団だったのだ。

彼らはこのトロールに、数週間も悩まされ続けていた。村に入るには通路が二つあるのだが、その一つがトロールに塞がれてしまい、行商人が村に来なくなってしまったらしい。

しかも、残った一つには山賊《さんぞく》がたびたび出没するようになり、村は食糧危機に陥っていた。それこそ、村全体で食料を共有し、限界まで切り詰めているような状況だ。

「そこで、ものは相談なんだが……」

カグートの視線が、トロールに向いた。なるほど、ここには大量の肉があったな。俺的には、巨大とはいえ人型の魔獣をあまり食いたいとは思えないが、そう言ってもいられない状況だ。

ワフも、その視線の意味に気付いたのだろう。懇願《こんがん》するような顔で、俺を見上げている。村の状況を聞いて、同情したらしい。

「主？　ダメですか」

「いや、俺もちょうど同じこと考えてたよ。ただ、食えるのか？」

「それは問題ありませんぞ。多少クセがあっても、栄養価は高いはずであります」

「ならいいか。トビア！」

「うん？　どうしたんだ？」

「トロールの肉を村に提供してもいいぞ。どうせ俺たちだけじゃ食べきれないし」

「おお！　本当ですか？　それはありがたいっ！」

「あ、ああ。ただ、解体をするにもこの巨体だからな」

喜色満面のカグートの圧に、ちょっとだけ腰が引ける。

「それなら、村から人間を連れてくる！　こちらで解体するから、ぜひ肉を譲ってくれ！　高値で買うから！」

「トビア、どう思う？」

「いいんじゃないか？　俺たちに損はないし」

「なら、それでいいかな」

その後、ジェイドがカグートと話し合い、交渉が纏まった。

解体は、村の人間が行う。肉は全部村に。他の素材は俺たちの物だが、欲しい物があれば応相談。

相手は食糧難なうえに、魔力を含んだ伝説級の魔獣の肉である。吹っ掛けようと思えばいくらでも吹っ掛けられるだろう。だが、肉の価格はかなり勉強しておいた。

しかし、俺たちの目的はなんだ？　大金を手に入れることか？

違う。俺たちの目的は、この先の村に逗留《とうりゅう》し、できればジェイドやトビア、マリティアを村で受け入れてもらうことだ。

俺の場合はなかなか村に定住は難しい気もしている。カードの力は目立つからな。

ゼド爺さんやエミルは、本人が希望するなら村に残ってもいいと思うが、確実に俺と一緒に来てくれるだろう。それが確信できる程度には、彼らのことは信頼できている。

まあ、とりあえずトビアたちが村に定住できるように取り計らってもらうのが、最大の目的だ。

そこで、今回の取引にそのことを盛り込んでもらうことにした。

肉を格安で譲る代わりに、定住を許可してもらおうと考えたのだ。

とはいえ、カグートの一存でどうにかなる問題でもないので、彼の口から村長にお願いしてもらうことになったのだった。

「あんたらは村の恩人だ。村長も断らんと思う。まあ、朗報を期待していてくれ」

カグートたちが村に戻っている間、俺たちはここでトロールの見張りだ。放っておけば、ハーピーあたりが啄《つい》ばみに来るだろうからな。

ワフはすでにコボルトたちに指示して、トロールの毛を刈り始めている。

「うむうむ。これはいい毛でありますよ！」

「ワフちゃん、私にも分けてもらえる？　編み物にちょうど良さそう」

「おお！　エミル殿は編み物ができるのですな！　ワフと一緒に主に編み物をプレゼントしましょう！」

「わ、私もいいですか？　お父さんに、マフラーを編んであげたいんです」

「いいですぞ！　では、内側の柔らかい部分がいいでしょうな！」

あっちはワフやトビアたちに任せればいいや。周辺の警戒はゼド爺さんやモンスターたちが張り切ってやってくれている。

「となると、俺は試練とカードの確認だな」

生物即死のドローは、[赤《あか》の秘石《ひせき》]だった。魔力に余裕がある今の内に使っておこう。破壊すると次に使用する赤のスペルのコストを1減らすことができるアイテムだ。

「それで、案の定試練を達成してるな」

トロールは巨獣というカテゴリーに入るらしい。強力な分、一体倒すだけでも試練が達成となるようだ。まあ、普通の魔獣よりも何倍も強いんだし、それも納得だが。

報酬《ほうしゅう》は、万能魔力とカードが一枚だった。お馴染《なじ》みの、ルーレットで報酬カードを引く。

「なるほど、この辺が巨獣っていう扱いか」

シラー大森林《だいしんりん》の徘徊者《はいかいしゃ》　モンスター：森の巨鬼
緑6　3／3　UC
■暴食：相手のクリーチャーを破壊した場合、一体につき永続的に＋1／＋1強化される。最大で10／10まで。

こいつは、樹と同じくらいの高さの、二足歩行のモンスターである。一つ目の巨人なのだが、牛のような角と尻尾を持ち、手も蹄のような形状になっている。

巨獣というのは、巨大な魔獣というカテゴリーであるようだった。

俺がそうやって休んでいる間にも、どんどん事態は進んでいく。

村人が来るという話だったが、まさかこれほどの人数が来るとは思っていなかった。屈強な男たちが三〇人以上いるだろう。

「おおい！　そっちから引っ張ってくれ！」

「えっさ！　ほいさ！」

「馬鹿野郎！　そっちから切り始めたら血が溢《あふ》れるだろうが！」

「解体済みの肉から馬車に載せろ！」

彼らによって、巨大なトロールが凄まじい速度で解体されていく。自警団員以外にも、狩人や元冒険者も交じっているらしい。

ここではとりあえずブツ切りにして、馬車で村に運んでから本格的に解体することになっている。村まで運んでしまえば、マンパワーでさらに速く解体できるからだ。

一〇台もの馬車に、殺気立った三〇人以上の男たちが乗ってきた光景は、こちらが思わず武器を構えてしまうほどに迫力があった。肉があると聞いて、興奮していたらしい。

「この度は厄介者の魔獣を倒していただいたばかりか、食料まで回していただき、誠にありがとうございました」

「えーっと？」

解体班に同行してきた村長が、俺に向かって頭を下げる。白い髭《ひげ》が立派な、好々爺《こうこうや》だ。

あれ？　村長の前で、リーダーっぽい雰囲気は出してないんだけどな？　どうして俺に声をかけてきた？　トビアかゼド爺さんの方がリーダーっぽいだろ？

「あー、俺、ですか？」

「はい」

「なんで？」

もしかしてカグートか？　彼には、先程の交渉の時にトビアに指示を出した姿を見られている。そこから、実は俺がリーダーだとばれたのだろうか？　事前に、教えられているという可能性はあるだろう。しかし、カグート経由の情報ではなかった。

「あなたのお仲間たちが、あなたを気にしているのが分かりますので。それに、あの獣人の少女が主と呼んでおりましたし、多分あなたがこの一行のまとめ役なのではと」

村長の洞察《どうさつ》力の賜物《たまもの》だったらしい。あとはワフの呼び方ね。そりゃあ、バレるわな。

別に隠すつもりはないんだよ？　ただ、交渉云々《うんぬん》の前に、人見知りの俺だとまともな会話も怪しいからさ。後ろに隠れていれたら、ラッキーだなーっと思っていただけだ。

「それに、あの大量の魔獣たちは、あなたが使役《しえき》なされているのですよね？」

すでに魔獣たちは紹介済みである。村に行くのであれば隠し通すことなどできないし、教えてしまった方が後々のトラブルも回避できるだろう。

魔獣を村に入れられないと言われたら、谷の入り口周辺で待機させるつもりだった。しかし、村の人たちは俺の想像以上に逞《たくま》しく、柔軟であったらしい。

俺の命令に従うことを確認したら、すぐに受け入れていた。まあ、俺を怒らせたら肉が手に入らなくなると考えて、拒否する選択肢がなかっただけかもしれんが。

ただ、最初は無理やりでも、協力し合って解体を進めていけば、俺のモンスターたちが穏やかで賢いということはすぐに理解できる。

今はもうモンスター相手に緊張することもなく、撫《な》でて褒《ほ》める者まで現れていた。どうやらコボルトの可愛さはオッサンたちにも通じるらしい。

「あなた方は村の大恩人です」

改めて村長が頭を下げてくる。

「こ、こっちも、解体を手伝ってもらったので……」

「我々の食料のためですから。しかも、これほど大量に。感謝してもしきれません。村に住みたい方がいるというお話でしたが、全く問題ありません。何人でもどうぞ」

「え？　いいんですか？」

「無論です。なに、打算もあります。あれほどの魔獣を倒した方々と縁を結べるのですからね」

「な、なるほど」

強《したた》かな老人だと思ったが、本当に強かだったら俺にそんなことを教えるか？　むしろ、隠しておいて利用するんじゃないか？

だとすると、こっちに気を遣ってくれたのかもしれない。今回の交渉は、食料を盾に移住権を奪い取ったようにも見える。その辺を気に病まないように、俺たちが住むことで村にも得があるのだということにしてくれたんだろう。

「ありがとうござ――」

「オンオンオン！」

「敵襲！　敵襲だ！」

村長に頭を下げようとしたその時、灰色狼の激しい鳴き声と、ゼド爺さんの叫び声が俺の言葉を遮《さえぎ》った。慌てて周囲を見回すと、空にいくつかの影が見える。

「ハーピーか！」

「ち、血の匂いを嗅ぎつけられたのかもしれません！」

そう言えば、ハーピーは意外に嗅覚も優れているんだったな。これは、放っておいたらさらに集まってくるかもしれん。

「村長さん！　こっちに！」

「は、はい！」

「ここに隠れていてください。おい！　村長さんを頼むぞ！」

「オフ！」

「このコボルトたちが守ってくれるので、ご安心を」

「ありがとうございます」

コボルトたちに任せておけば、村長さんは大丈夫だろう。狙撃弓兵が近づけさせないし、万が一接近されても探検家がいる。薬師なら怪我にも対応可能だ。

そう考えると、優秀な護衛たちだよな。

「生命循環の蛇は、危険そうな人がいたら回復してやってくれ」

「シャー！」

生命循環の蛇は、一日に一回だけ、1点分の回復能力を発揮できる。1点というとショボそうだが、それなりの大怪我も治癒《ちゆ》できることが分かっている。

まあ、人間だったらほぼ全快するわけだからね。

問題は、全長五メートルの蛇の舌で舐《な》められて驚かないかってことだろう。

俺たちは平気だけど、村の男たちは絶対に怖がると思うのだ。その場合は、死なないだけましだと思ってもらうしかない。

錯乱して攻撃してくるような場合は、生命循環の蛇に頑張って逃げてもらおう。

他の魔獣たちは、果敢《かかん》にハーピーと戦っている。ああ、シルバーシープだけは、岩陰でジッとしているが。攻撃力がないのだから、あれは仕方ない。

結局、トロールのバラシ作業を終えて全ての馬車を送り出すまでに、二回もハーピーの襲撃を受けたのであった。

大半は逃げ散ったが、何匹かは仕留めている。ワフの電撃の大剣が大活躍だった。

どうも、電撃攻撃は一〇分に一度ほどしか放てないようだが、当たれば相手を痺《しび》れさせるらしく、ハーピーを地上に落下させて仕留めることが可能なのだ。

「見てください主！　あれはワフが仕留めた獲物ですぞ！」

「ちょ、引っ張るなって！　ああ！　見ちゃったよ！」

高所から落下したハーピーの死体、グロ過ぎる。今日、絶対夢に見そうなんだけど……。

第三章

「ようこそ、ソルベスの村へ。皆様を歓迎いたします」

肉を満載の馬車と一緒に村に入ると、俺たちは歓声で迎えられていた。

俺たちが歓迎されているわけじゃなく、肉が喜ばれているのだと分かっていても、笑顔で迎えてもらえると嬉しくなる。

村に残っていた女子供たちがまだ解体途中のトロールの各部位を、力を合わせて運び出していく。

このまま各家々の倉庫などを使い、本格的に解体を行うのだ。

俺たちは村長と一緒に、村の中を進んでいく。荷物などを置くために、逗留中に貸してもらう予定の空き家へと向かっているのだ。

「それにしても、凄い村だな」

「うむ。よもやこのような場所に村を築いておるとはの……」

ソルベスは、村と聞いて想像するような牧歌的な姿からは、かけ離れた構造をしていた。こっちの世界ではこれが当たり前かと思ったが、ゼド爺さんも一緒に驚いている。

やはり珍しい光景であるようだ。

「あんな場所に家を造るのは、苦労したんじゃないですか？」

「さて、儂らは先祖代々の家を受け継いでおるだけですからのう。まあ、補修の時などはかなり難儀しますな」

「そうなんですね。先祖代々って、いつくらいからここに？」

「それも詳しくは……。ですが、二〇〇年前にはすでに暮らしておったようです」

ソルベスは、深い谷に存在する村だった。

小高い山が中央から裂けたのだろうか？　垂直と言ってもいいほど切り立った崖に挟まれた、幅が五〇メートルほどの谷間の村だ。

ただ、谷間に村があると言っても、谷底に家を造っているというわけじゃない。

いや、谷底にも家は建っているが、それだけではないのだ。俺やゼド爺さんを驚かせたのは、崖の中腹に張り付くように造られた家々の姿であった。

崖の途中に穴を掘り、そこに家を建てたのだろう。しかし、完全に崖の中に埋まっているのではなく、一部は崖から宙に突き出してしまっていた。

そんな家々が細い板のような足場で繋がれ、人々が上下を行き来している。よく命綱もない細い板の上を、あんなにスイスイと歩けるな。ところによっては四〇メートル近い高さがあると思うんだが、人々は普通に渡っている。

さすがに崖と崖の間は何十メートルも離れているので、吊《つ》り橋が数本かかっているだけだが。

解体作業に参加するためなのか、足場を小走りで移動する者までいて、ちょっくら心臓に悪い。

「こっちの崖にある家と、向こうの崖にある家だと、微妙に大きさが違うみたいですけど、何か意味があるんですか？」

「ああ、こっちが住居、向こうが倉庫ですな。向こう側の崖は日中でも日が当たらぬので、食料品などが腐りづらいのですよ」

「なるほど」

ちゃんと谷の利点を生かしているらしい。そして、この谷間にあるという特殊な立地こそが、トロールに襲われずに済んだ理由でもあった。

あの貪欲で好戦的なトロールが、近くにある村を襲わないのが不思議だったのだ。

村に入るための入り口部分は谷が急激に狭まっており、とてもではないがトロールでは通り抜けることができない細さであった。これのせいでトロールが村に入り込めなかったのだ。

しかし、獲物である人間の気配が多いせいで、あの場所から離れることもしなかったのだろう。

もう一つの脅威であるハーピーに関してもなんらかの対策を立てているらしく、村が魔獣に襲われることは多くないそうだ。

俺たちが使ってもいいという家は、村のほぼ中心にあった。谷底に建てられた平屋である。ただ、決して狭苦しくはない。裏庭も広く、地下室まで備えられていたのだ。

「外から来たばかりの人ですと、最初から上の家は厳しいかと思いましてな」

ありがたい気遣いだ。ワフとか、絶対にはしゃいで落ちそうになるだろう。

「感謝いたす。確かに、我らでは少々危ないでしょう」

村長に礼を言うゼド爺さんの視線は、ワフと俺を向いている。なんでだ？　俺は平気だろう？

「いえいえ、あの巨大な魔獣を倒していただき、本当に助かりました。見ての通り、この村は作物を育てるのに向いておりませぬ。交易の手段が閉ざされれば、飢えるしかないのですよ」

この村と外を繋ぐルートは二つ。勿論、谷を抜ければそこからいくつもの道が存在しているが、それはこの山岳地帯を通り抜けてからの話だ。山岳地帯を抜けるための道は二本しか存在していなかった。

そして、その一つをトロールが塞ぎ、もう一つは抜けた先で山賊被害が多発するようになってしまったらしい。そのせいで、毎月数組は訪れるはずの行商人が、全く寄り付かなくなってしまったのだ。そこに現れた俺たちがトロールを倒したことで、食料が手に入ったうえに、外界に出る手段も確保できた。そう語りながら、涙ながらに頭を下げてくる村長。

「改めて、我らはあなた方を歓迎しますぞ。そもそも、ここは元々虐《しいた》げられし、棄民《きみん》の終《つい》の棲家《すみか》。来る者は拒まず、去る者は追わず。そういった村です」

村長の言葉にホッとした顔を見せるトビアたち。一時的な滞在ではなく、移住が認められそうだからだろう。

「ただ、村にはいくつか掟《おきて》がございます。それを守れなければ追放もあり得ますので、ご注意ください」

「掟……。どんなものなんですか?」

「細かいものは後でお教えいたしますが、大きいものは四つ」

村長さんが軽く説明してくれた。

一つ、食料はみんなで分け合う。個人財産を持つことなどは許されるが、食料は村全体で管理し、分け合うのだ。たとえ一人で仕留めた獲物でも、自分一人の物にすることは許されない。

その食料を得た人間に多く分配されるし、食料以外の素材は返してもらえるそうだが。分配者が公明正大であれば悪くないシステムだろう。今回もこの掟のおかげで餓死《がし》者は一人もいなかったそうだ。

一つ、働かざる者、食うべからず。当然だが、暮らし向きが厳しいこの村で、何もせずに遊んでいるような人間を養う余裕はない。村での生活が落ち着いたら、俺たちにもなんらかの仕事を割り振られることになる。

一つ、他者を貶《おとし》めない。ここには、様々な場所から逃げてきた者たちが暮らしている。犯罪歴がある者もいれば、獣人やエルフ、ドワーフのような珍しい種族もいるのだ。

中には、昔から殺し合うような間柄の種族もいた。それに、人間の中には異種族を亜人と呼んで、差別する者もいる。この村ではそういった差別や因縁を忘れ、全員が同じ村の仲間として生きていかなくてはならない。

一つ、村の仲間を見捨てない。元犯罪者の村民の中には、未だに賞金が懸かったままの者もいる。それに、貴族などが欲しがるような、珍しい種族もいるのだ。村の仲間である限り、そういった者たちを護《まも》り、戦う。村を守るために、彼らを追い出すような真似《まね》は絶対にしない。

この最後の掟は、棄民であった先祖からも絶対に残すようにと言い伝えられた、最も大事な掟であるそうだ。

「……うむ。素晴らしい掟であるな」

「ああ」

ゼド爺さんやトビアたちの琴線に触れるものがあったのだろう。彼らは感動した様子で、しきりに頷いていた。

「この掟を順守する限り、あなた方は村の仲間です」

俺たちがソルベス村に辿り着いてから三日が経過した。俺が驚くほどに、村人たちからの反応は好意的だ。トロール肉で恩を売ったことも大きいのだろう。

あとは、召喚モンスターたちを狩りや畑仕事の護衛に貸し出しているのも大きいようだ。最初はモンスターを怖がる人もいたが、触れ合って狂暴ではないことが分かれば、すぐに受け入れてくれた。

そうなると、むしろ引く手数多《あまた》で困るほどだ。狼たちは狩りのお供に。コボルトたちは農作業時のお手伝い兼見張り役に。他のモンスターたちも荷運びなどの力仕事で大活躍である。

今では、灰色狼や虎人の大剣士が村を闊歩《かっぽ》していても、笑顔で手を振ってくれるほどだった。

「今日は、村長さんに農地を見せてもらえるんだったな？」

「そうであります！」

昨日、一昨日は家の掃除や挨拶回りを行い、今日からは村の案内をしてもらうことになっている。

移住希望組のトビア、ジェイド、マリティアは、仕事の適性を見るために俺たちと別行動だ。

ゼド爺さん、エミルも、短期間でも仕事をすると言って出かけていった。ゼド爺さんは自警団への訓練。エミルは村の女性陣と刺繍《ししゅう》仕事をするらしい。俺も見せてもらったが、交易品として刺繍の入った服やスカーフなどを作っているそうだ。模様はペルシャ風で、なかなか美しかった。

俺とワフは仕事免除――ではなく、魔獣の貸し出しが仕事とみなされていた。お金は貰っていない。村長が僅かでも賃金を支払うと言ってくれたんだが、トロール肉の売買でかなり儲《もう》けている。厳しい財政状況の村から、これ以上搾《しぼ》り取るのは少し悪い気がした。元手はかかってないわけだしな。その代わり、魔獣たちの餌も村で用意してもらっている。

「トール殿、お待たせいたしましたな。畑はこちらから上がります」

実は、畑を見せてもらうことには理由があった。俺の手札にある［強制成長］のカードが使えないかと思ったのだ。村のためになることだと思うし、手札で肥やしになりそうな、使い所が難しい［強制成長］を使えれば俺も嬉しい。実は、ここ三日で［赤の秘石］一枚しかカードを使用できていなかった。いざという時に赤呪文のコストを一点減らせるオブジェクトカードだ。

となると他のカードを使いたいんだが、これがなかなか難しい。現在の手札は［比翼のワイバーン］、［生命回復］、［ファイア・ホイール］、［風霊の宝玉珠］、［強制成長］、［幻影《げんえい》の竜《りゅう》］。無駄に使えない切り札級のカードばかりだった。この中で唯一、所持していてもあまり意味がないのが、植物を強化するカードである［強制成長］だった。

強制成長　緑2　スペル
■詠唱、対象の植物を＋0／＋3し、再生（緑2）、防衛を与える。

植物系のモンスターにしか意味がない可能性もあるので、その場合は本当に無駄打ちになるけど。ただ、設定的にはエルフが森を育てるために使う呪文だったはずなので、モンスター以外の植物にも効果があると思うんだよね。

ということで、とりあえず畑で実験してみようということになったのであった。

俺たちは村長に連れられて、崖に設置された階段を上がっていく。

「おおー！　主！　絶景ですぞ！」

「確かにいい眺めだな」

階段を上り切った先は、平たい小山の頂上であった。上から見るとよく分かるが、ここはテーブルマウンテンだったのだろう。その中央に大きな亀裂が走り、谷となった場所にソルベスの村が作られたのだ。

そして、村の畑はテーブルマウンテンの頂上に造られていた。乾燥に強い芋と、ウチワサボテンに似た果樹が育てられているらしい。サボテンの平たい果肉の先に、丸い果物が生《な》っている。見た目はドラゴンフルーツに似ていた。いや、似た種類の植物なのかもしれないな。

「ほっほっほ。儂らは見慣れておりますが、村に新たに来た方々は、最初にここからの眺めに感動してくれますな」

「それはそうでしょう」

「遠くまで見通せますぞ！」

このテーブルマウンテンは他の小山よりも少し高く、そのおかげで山岳地帯を遠くまで見通すことができた。グランドキャニオンに観光に行った人々は、これと似た感動を味わっているのかね？

「さて、魔術の実験をしたいということでしたな。これではいかがでしょう？」

「苗木ですか。確かにこれなら実験するのに最適ですね」

村長が案内してくれた先には、畑の隅に植えられたサボテンの苗木があった。これなら、万が一枯れても被害は最小限で済むし、効果が出れば一目で分かる。

「楽しみです。魔術など、そうそう見れるものではありませぬからな」

「それじゃ、行きますね！　森と平原の精霊よ。緑の眷属《けんぞく》よ。その力を以《も》って、若木に力を！　古木に潤いを！　恵みをもたらしたまえ！　［強制成長］！」

カードを可視化せずに、強制成長を使用する。カードが見えていないと、完全に魔術を使っているようにしか見えないな。だが、効果は間違いなく発現していた。

「おおお！　こ、これは凄まじいですな！」

「主！　さすがですぞ！」

村長とワフの歓声が青空に響き渡る。二〇センチほどであったサボテンの苗木が、高さ一〇メートルほどに急成長を遂げたのだ。成長が早まるどころか、他のサボテンと比べてもさらに大きい。

さすが神のカード。その効果は予想を遥かに超えていた。

村長とワフが上げた歓声を聞きつけたのだろう。農作業中だった他の村人が周辺に集まってきた。いや、これだけ巨大なサボテンが急に出現すれば、誰だって様子を見に来るか。

「こ、これは凄まじいですなぁ！　いやはや、驚きました」

「主の力ならたやすいことですぞ！」

「適当言うな！　もうしばらくはできんから！」

ワフの言葉を聞いた瞬間、村人たちの目がギラリと輝いたからな。他の苗木も成長させろと言われても、無理である。

「やはり、これだけの大魔術ですと、かなりお疲れになるのでしょうな」

「まあ、それだけじゃなくて、触媒《しょくばい》っていうんですかね？　必要な道具がないので。申し訳ない」

村長と話すふりをして、周りの村人に無理だと聞かせる。明らかに落胆しているが、できないものはできないのだ。

「いやいや、何をおっしゃいますか。すでにあなたの魔獣たちのおかげで、非常に助けられております！　これ以上を望んでは、罰《ばち》が当たりますよ」

村長も俺の意図に気付いてくれたらしい。俺に合わせてくれた。村人たちがばつが悪そうな顔で、そそくさと去っていく。

「申し訳ありませぬな」

「いえ、うちのワフがアホなことを口走ったせいなんで」

「主、どうしたのでありますか？」

「お前は、もう少し考えて発言しような？」

「分かりましたぞ！　でも、ワフは常に考えて喋っておりますぞ？」

「嘘言うな」

「な、何故にー！」

ワフのこめかみをグリグリしながら、急成長したサボテンを見上げた。

「あとは、これにちゃんと実が生るかどうかです」

「確かに。これほど急成長した樹に、異常がないとも限りませんか」

「そういうことですね」

そんな話をしていると、下から何人かの人間が上がってきた。自警団の人々だ。どうやら、カードを使う時の閃光が下からでも見えたらしく、何があったかの確認をしに来たらしい。

「村長、トール殿。大丈夫ですか！」

「カグート。大丈夫ですよ。トール殿の魔術を見せていただいただけですから」

「そうでしたか……？　うん？　こんな大きい果樹、ここにありましたっけ？」

「これは――」

カグートと村長が話している間、俺はその後ろに控えていた男性に声をかける。

「ロ、ロイドも見えたのか？」

「ああ」

それは、三週間ほど前に樹海で別れた、元盗賊のロイドであった。たった三週間で性格が大きく変わるはずもなく、相変わらずの様子である。

衝撃の再会を果たしたのは昨日のことだ。自警団員の見習いとして、カグートから紹介されたのである。いや、衝撃を受けていたのは俺たちだけで、ロイドは相変わらずの無表情だったが。

ロイドは、ロトスという孤児収容所で少年兵として育てられたせいで、感情表現ができなくなってしまっていた男だ。白井に操られた盗賊団の一員だったが、降伏したので殺さずに逃がしたのだが……。

まさかここで再会するとは思わなかった。

ロイドがソルベスの村にやってきたのは、二週間前のことであるらしい。はぐれトロールが谷に居座る直前のことだ。樹海で迷い、死に瀕《ひん》していたロイドを、狩りに出ていた村の男たちが救助したことが切っ掛けだった。

行く当てもないということで、村の一員に迎え入れられたらしい。腕も立ち、文句も言わないロイドは重宝《ちょうほう》されているようだった。ああ、奴隷のように扱われているわけではないぞ？

見た感じ、可愛がられている。感情を表さないその痛々しい姿が、村の人間たちにとっては他人事ではなく映るようだ。彼らもまた、迫害されて逃れてきた人々だからだろう。

正直、どう接すればいいのか分からない。だが、無視することもしたくなかった。理想は、普通に会話できるようになることだ。

謝ったり、謝られたりをしたいわけじゃない。それでも、このままではいけない気がした。

まあ、大分直ってきたとはいえ、人見知りの俺と、常に無表情のロイドでは、まともな会話ができるようになるまでどれだけの時間がかかるか分からないが。

「い、いい眺めだよな」

「そうだな」

「あのサボテンの実、どんな味なんだ?」

「まあまあ甘かった」

「そうか」

「ああ」

「……」

「……」

「こ、この村、面白いよな」

「ああ」

「……」

「……」

俺がロイドに話しかけたことを微妙に後悔し始めた頃、不意にロイドが口を開いた。

「この村は、食糧不足だった」

「聞いたよ。結構追いつめられてたって」

「トロールと盗賊のせいで、商人が来なくなったらしい。それでも、元盗賊の俺を責める人は誰もいなかった」

ロイドは相変わらずの無表情だ。というか、自分が盗賊だったということも明かしてあるんだな。

「食料も、分けてくれた」

「そうか」

「みんな飢えているのに……。新参者の俺も、村の仲間だと言って……」

だが、その言葉には微妙に熱が籠っている気がした。

「……みんなが助かって、本当に良かった。だから、感謝する」

ロイドが頭を下げてくる。首領だった兄を殺し盗賊団を壊滅させた俺たちへの恨み言ではなく、村の人々を救ってくれた礼を口にする。

確かにその無表情は変わっていない。しかし、この村のおかげで、その内側は少しずつ変わりつつあるようだった。


強制成長を試した翌日。俺は朝からエミルと向かい合っていた。

「私にも、武器をくださるんですか？」

「ああ、昨日、このカードを引いたからな」

俺がエミルに見せたのは、［天兵《てんぺい》の守護槍《しゅごそう》］のカードだ。

天兵の守護槍　白4　UC　オブジェクト
■白1：装備　装備したモンスターは、＋2／＋1強化され、天光（種族：ヴァンパイア、デーモン、アンデッド、邪神、魔人へのダメージを倍加する）を得る。

「おお！　美しいカードでありますな！　エミル殿にピッタリですぞ！」

「だろ？」

イラストは、天使が振りかざす、柄が純白の美しい槍だった。長さは三メートルくらい。穂先は斬ることもできるように平たくなっている。

強制成長のドローで引いたのだ。ゼド爺さんには黒霧の長剣、ワフが電撃の大剣を装備している今、残るはエミルだけである。ゼド爺さんから槍の扱いを指導され、エミルが今も毎日鍛錬を欠かしていないことも知っている。エミルにピッタリの武器だと思う。

「でも、貴重な物なんじゃ……。私なんかよりも、トビアさんたちに渡した方がいいですよ」

「いや、俺はエミルに使ってもらいたい。トビアたちが仲間じゃないとは言ってないぞ？　でも、やっぱりエミルとゼド爺さんは特別なんだ」

「主！　そこは、エミル殿の名前だけでよかったのでありますぞ！」

「はぁ？」

ワフが何やら背後で囁《ささや》いているが、意味が分からん。ゼド爺さんがいらない？　今朝、寝坊しかけて、ゼド爺さんに叩き起こされたことをまだ根に持っているのか？　心の狭い幼女である。

「お前何を言ってるんだ？」

「ですから、そこはエミル――」

「ワ、ワフちゃん！」

「むぎゅ！」

ワフの口を塞いだのは俺じゃない。怖い笑顔のエミルだ。

「ワフちゃん、ちょっと向こうの部屋でお話ししましょうね～」

「え、エミル殿！　何故に～！」

大事な話を邪魔したワフは、エミルに隣の部屋に連行されていったのだった。

すぐに戻ってきたエミルが、恥ずかしげな顔で頭を下げる。

「お、お待たせいたしました。は、はしたないお姿を……」

「いや、うちの駄犬がすまんな」

理由はいまいち分からんが、ワフが何か粗相《そそう》をしたことは確かっぽいからね。

とりあえず、装備品を召喚してしまおう。

「［天兵の守護槍］、召喚！」

地面に描かれた魔法陣から、白い槍がせり上がってくる。

「ふわぁー、何度見てもキレイですね……」

大地――というか家の土間に突き刺さった状態の白い槍。

ちょっとシュールだが、実物を見るとイラストよりもさらに美しく感じた。

手を伸ばすと、やはり俺では持ち上げることはできない。俺はさらに魔力を消費して、装備者をエミルに指定する。これで、エミルであればこの槍を持てるはずだ。

召喚に魔力を4、装備に1使用したが、それだけの価値がある。何せ、＋2／＋1強化だからな。

「外で軽く振ってみようか」

「はい！」

さすがに、武器を召喚するのは目立つので家の中で行ったが、試し斬りは外じゃないとできない。

試し斬りに使うのは、バラして薪にする大きめの木材だ。粉々になってしまっても着火剤になるということで、好きにバラしていいと言われている。

「まずは、強化がどこまで有効かを調べたい」

「分かりました。でも、どうやって？」

「あそこにちょうどいい石があるだろ？」

谷間にあるだけあって、村の中には普通に岩がごろごろ転がっている。まずは、槍を持たない状態でその岩をエミルに持ち上げてもらうことにした。

成人男性代表として俺も一緒に挑戦してみたが、すでにエミルの能力は俺など遥かに超えていた。

俺ではビクともしない岩を、軽々と持ち上げてしまうのだ。一〇〇キロはなくても、五〇キロは確実に超えているだろう。そんな岩を持ち上げたまま、スクワットしている。

「やっぱりトールさんに貰った力は凄いです！」

「あ、ああ。ありがとう」

できれば、岩を頭上に持ち上げたまま近寄ってくるのはやめてほしい。ちょっと怖いから。

「じゃあ、次は槍を持ったまま岩を持ち上げればいいんですか？」

「そうだな。頼む」

「でも、ちょっと持ちづらいですね。背負っても地面に引っかかっちゃいますし……」

「ちょっと長過ぎるか」

「そうですね。もう少し短かったら――ええ？」

「え？　エミル、何したんだ？」

なんと、エミルが背負っていた天兵の守護槍が、急に短くなったのである。その後色々と実験した結果、エミルの望みに合わせて伸び縮みすることが分かった。

最短で五〇センチ。最長で五メートル程度だ。使用者が使いやすい長さに変化するのだろう。色々と試した結果、如意棒《にょいぼう》のように使うことも可能だった。

「これで背負いやすくなりましたね！　じゃあ、行きますよ！」

そして、エミルはさらに強烈なパワーを発揮してくれたのであった。槍を体のどこかに触れさせていれば、身体能力が強化されるらしい。ワフと同じで、無意識で気功を扱うことができるようになったようだ。

緑色の気功オーラを身に纏ったエミルにかかれば、一〇〇キロ以上はありそうな巨岩も軽い物であるらしい。その顔には力みなどが感じられなかった。

「お次は、この槍の切れ味の試験ですね！」

「そうだ。頼むぞ」

「はい！」

力を本気で発揮するのが段々と楽しくなってきたのか、エミルが積極的に行動し出した。

「行きますね！　てやぁっ！」

「うわっ。凄いな」

「凄いですよこの槍！　木がまるでチーズみたいです！」

エミルの振り下ろした槍は、樹木を輪切りにしただけの太い木材を、一刀両断にしていた。

切り口は滑らかで、エミルの喩《たと》えたチーズという表現もあながち間違っていない。本当に、チーズをナイフで切ったみたいな凸凹《でこぼこ》がない断面をしているのだ。

その後は岩などにも攻撃をしてみたが、その威力は想像を超えていた。岩が砕けるほどの突きをくり出しても、刃こぼれ一つなかったのには驚いたね。

天兵の守護槍と比べるために普通の槍も使ってもらったのだが、今のエミルの膂力《りょりょく》には耐えられないらしい。総鉄製の槍でさえ、半ばからグニャリと曲がってしまった。今後は、そこら辺も気を付けないといけないだろう。

「これからはこの槍で、トールさんを護ってみせます！」

槍を達人のように振り回しながら、エミルが宣言する。うーむ、エミルも段々と武闘派になってきたな。絶対にワフとゼド爺さんの影響だろう。でも、頑張って鍛錬をしているエミルに、そこそこでいいとも言えないし……。

「た、頼んだぞ」

「はい！」

結局俺は、そう言うことしかできなかった。

まあ、エミルは天兵の守護槍をなかなか使いこなしているようだからいいけどね。

その日の狩りで、そこそこ大きな猪を仕留めて帰ってきたのだ。それも、ほぼ一人で。村の男たちからは絶賛の嵐であった。最初から好意的な村人たちが、ここ数日でさらにウェルカム状態だ。歩いていればみんなが笑顔で挨拶してくれるし、不便はないかと気を遣ってくれる。こんなに無備に余所者を受け入れて、裏切られたりしたことはないのかと心配になるほどだった。

だが、村人たちのこの態度には、やはり裏があったのだ。いや、裏があると言うと、何か企んでいるように聞こえてしまうな。裏と言うよりは、秘密があったと言う方がいいだろうか。ともかく、新参者には明かされない、理由があったのである。

それを知ったのは、エミルに天兵の守護槍を渡した日の夜であった。

夕食を済ませ、みんなでまったりしていた時のことである。

トントン。

家の扉がノックされる音が聞こえた。

「あれ？　誰か来たかな」

「ワフが出ますぞ！」

こんな時間に誰だろうか？　首を傾げていると、扉の向こうから現れたのは見知った人物であった。

「え？　村長？」

「夜分に失礼いたします」

「何か問題でも起きましたか？」

村長がこんな時間にわざわざ訪ねてくるなんて、尋常な事態ではない。神妙な顔をしているし、何か厄介事だろうか？

「魔獣でも出ましたか？」

「いえ、特に事件が起きたというわけではないのです。実は、皆様に紹介したい方がおりまして」

「紹介、ですか？」

「はい」

村長自身がやってきてわざわざ引き合わせるということは、重要な人物なのだろう。ただ、ここ数日で大分村人と交流を持ったが、そんな人間の話は出なかったけどな。

「それで、大変申し訳ないのですが、この後お時間はよろしいでしょうか？　ご足労いただきたいのですが……」

「それは大丈夫ですけど……。みんなも平気だよな？」

振り向いて確認すると、ゼド爺さんもエミルも頷いている。

「今すぐの方がいいですか？」

「できましたら」

忙《せわ》しないが、村長の頼みじゃ仕方ない。俺はそのまま村長の後に付いていこうとしたんだが、ゼド爺さんたちは「少し待ってくれ」と言って軽く着替え始めた。完全武装とまではいかないが、簡単な防具と武器を身に着けている。

確かに、素手は不用心過ぎたな。まだ出会って数日の相手なうえに、これからどこに案内されるのかも分かっていない。ただ、これから武器を取りに戻るのは、ちょっと気まずい。何せ、「お前らのことを完全には信用してないぞ」と宣言するようなものなのだ。

仕方ないので、違う方面からアプローチだ。

「うちのモンスターたちはどうします？　全部連れていきますか？」

「いや、それは……。さすがに大きい魔獣は入らないので、三匹くらいにしてもらえませんか？」

ダメとは言わないのか。だったら、虎人の大剣士、灰色狼、蔦鼠でいいかな？

「じゃあ、後は頼んだ」

「オフ！」

俺たちはコボルトたちに家の留守を頼み、村長とともに出発した。人間七人にモンスター三匹を加えた大所帯である。

そのまま歩くこと五分。

俺たちが連れてこられたのは、崖にくっつくように建てられた小さな小屋であった。

「ここですか？」

「そうです」

村長は俺の質問に頷くと、そのまま小屋の扉をノックした。

「トール殿とそのお仲間をお連れしました」

倉庫だと思っていたが、中に誰かが住んでいるらしい。だって、この小屋には窓もなく、入り口も質素で、どう見ても倉庫にしか見えなかったのだ。

少し待っていると、小屋の扉の隣に設置されている鈴がリンリンと小さく鳴った。それが合図であったらしく、村長はそのまま扉を開けて小屋の中に入っていく。

「どうする？」

「……行くしかあるまい。先頭を頼む」

「了解」

ライフバリアはすでに20まで回復している。不測の事態に備えて、俺が前に立つべきだろう。

「……えーっと、ここは？」

「こちらです」

小屋の中は、想像通りの倉庫だった。箱や樽が並べられている。あれ？　だったら、さっき村長は誰に声をかけていたんだ？　首を傾げていると、村長がさらに奥へと歩いていく。

そう。一見すると小さい小屋に見えていたこの建物には、さらに奥が存在していた。

壁の一部が存在せず、隣接する崖肌がむき出しになっている。そしてその崖には、大人一人が通れるほどの裂け目が口を開けていたのだ。

どうやら、この小屋の目的はこの裂け目を隠すことにあったらしい。

この構造を見て、少し砦が懐かしくなる。俺たちの砦も、大岩の根元に開いた洞窟《どうくつ》を覆い隠すようにストーン・フォートレスを建てたからな。やや警戒しながらも、村長の後を付いていく。

「足元に気を付けてくだされ」

「はい。あの、この先には何が？　それに、こうまでして隠す意味は？」

「それは、儂の口からは……。この先におられる方が全て説明をしてくださいますので」

村長は元々丁寧な言葉を使う人ではあるが、明らかにこの先にいる相手を格上だと考えていることが分かった。しかし、村の中で村長よりも上の人間て、一体なんなんだ？

正直、不安がドンドンと増していくが、ここまで来たら引き返すことなどできない。それに、モンスターたちが村長をあまり警戒していないことも、俺がすぐに引き返さない理由でもあった。村長が殺気や悪意を抱いていれば、大剣士や灰色狼が多少なりとも反応するはずだ。しかし、モンスターたちはリラックスしているようにさえ見える。

少なくとも、村長が何か悪だくみをしているわけではなさそうだった。

裂け目を三〇メートルほど歩いただろうか。ようやく前方に明かりが見えた。

「あそこですか？」

「はい。少々お待ちを」

先行する村長が足を止め、奥に声をかける。

「ディシャル様。トール殿をお連れいたしました」

「ご苦労だったね」

村長の呼びかけに応えた、ディシャルという人物の声が聞こえた。意外なことに、それは女性のものであった。しかも、非常に若い。さて、一体どんな人物なのだろうか？

少しの不信感と、大きな期待感を胸に、俺たちは割れ目の奥へと歩を進める。

亀裂を抜けたその先には、やや広い空間が広がっていた。と言っても、ワンルームくらいの広さだが。生活に必要な家具などは一通り揃っているようだ。

そして、その部屋の中央。地面に敷いた絨毯《じゅうたん》の上に、銀髪の小柄な女性が座っていた。胡坐をかき、こちらを見上げている。

肌が黒い。日焼けしているというよりは、そういう人種なのだろう。

こんな場所にいるにしては、結構なお洒落《しゃれ》さんだ。青地に赤い模様の入ったペルシャ絨毯のよう

な見た目の布をターバンのように巻き、薄手の服も黒地に金の刺繍が入った豪奢《ごうしゃ》な物である。

しかも、耳が特徴的だった。何せ、尖《とが》っている。しかも長い。柳葉型というやつだ。

間違いない。エルフだった。いるとは聞いていたが、この世界に来て初めて会ったね。

感動してしまった。冒険者や魔術を初めて見た時も感動したが、この感動はそれ以上だ。何せエルフだぞ？　しかも美少女。肌が黒いから、ダークエルフという奴だろうか？

ランプの火だけが照らす薄暗い洞窟の中で、ディシャルの赤い目は自ら煌《きら》めきを放っているかのように印象的だった。

「よく来たお客人。私はディシャル。歓迎するよ」

「……」

「ワフはワフであります！　よろしくですぞ！」

「よろしく。可愛い獣人のお嬢さん。それで、そちらのお兄さんは……。私みたいな者とは話したくないのかい……？」

あ、やべ。感動し過ぎて話を聞いてなかった。ただ、ワフと握手しているディシャル様が、悲しそうな顔をしていることは分かった。

よく分からないまま、俺は慌てて手を突き出す。

「あ！　その、よろしく……！　ト、トールといいます」

「ふふ。よろしくトール」

「えっと……はい」

良かった。笑ってくれた。それにしても、手の柔らかさはエルフも人も同じだな。体温が高過ぎることも、ひんやりしているようなこともない。顔を見なければ、人間と握手しているのと変わらないだろう。

「あの、ディシャル様は、エルフなんですか？」

「ふふふ。エルフはエルフだが、ダークエルフさ。見れば分かるだろ？」

「あー、そうっすね。ダークエルフですよね。すいません変な質問しちゃって」

「ふふふふ」

「ど、どうかしました？」

俺、何か変なことを言ってしまっただろうか。ディシャル様が急におかしそうに笑い出した。もう少しこっちの世界の常識を勉強しておくべきだった。

「いや、お前さんとお仲間たちとの、落差が面白くてねぇ」

「え？」

言われて振り返ってみると、そこには目と口を大きく開けて間抜け面を晒《さら》す、ゼド爺さんたちの姿があった。ワフは普通だよな？　むしろ、俺より落ち着いていたわけだし。

つまり、クレナクレムの住人にとって、ディシャル様は普通の存在ではないのだろうか？

「ゼド爺さん？　エミル？」

「はっ……！　す、すまん。無様な姿を見せた」

「……」

ゼド爺さんがなんとか復活したが、他の連中は未だにフリーズ中だ。

「ど、どうしたんだ？」

「……お主が違う場所から来たのだと、改めて実感するな」

「意味が分からん？」

「まあ、待て。ディシャル様、私はゼド・ガルトマンと申します」

「よろしく、ゼド」

ゼド爺さんはディシャル様の前に進み出ると、片膝をつき、まるで貴族か何かに拝謁《はいえつ》するような恭《うやうや》しい態度をとった。

「伝説の種族たる御身に拝謁でき――」

「あー、そういうのは大丈夫だよ。数が少ないだけで、偉いわけじゃないんだ。それに、堅苦しいのは苦手なんだよ」

「申し訳ありません」

「ゼドは堅いんだねぇ」

伝説の種族？

「ダークエルフっていうのは、そんなに珍しいんですか？」

「珍しいも何も、実在が疑われるほどの幻の存在だぞ？」

「まあ、私らの数が少ないのは確かだ」

そして、ディシャル様が説明してくれた。

「私らダークエルフは、遥か昔に滅びたなんて言われている種族なのさ。世間様じゃ、本当にそう信じられているんじゃないかい？」

「そうですね。我も、ディシャル様にお目にかかるまでは、そう信じておりました」

ダークエルフはエルフの突然変異で生まれた種族であり、その数が非常に少なかった。ただでさえエルフは子供ができにくいのに、ダークエルフはそれに輪をかけて子供ができづらい種族であるそうだ。

それ故、元々一〇〇人程度しか存在していなかった。それでも彼らがエルフの中で一目置かれていたのは、ダークエルフは生まれながらに魔眼を備えているからだ。

未来視や千里眼といった、超希少な魔眼を発現する者も多く、当時存在していたエルフの国でも重要なポストを任されることが多かったらしい。そもそも、ダークエルフというだけで、エルフ国では王族に準ずる権力を与えられていたというから驚きだ。それだけ、彼らの能力が有用だったということだろう。

しかし、ただでさえ数が少なかったダークエルフが、さらに数を減らすことになる事件が起きてしまう。それこそ、絶滅したと言われるほどに、姿を消してしまった。

当時、近隣諸国への侵略戦争を繰り返していたハールヴァイド帝国が、ダークエルフの力の独占を狙ったのだ。エルフの国は蹂躙《じゅうりん》され、多くのダークエルフが捕らえられた。それでも抵抗をやめない場合、他国の手に渡ることを警戒されて、命を奪われたという。

結果、ダークエルフは数を減らし、子孫を残すことが困難となって歴史の表舞台から姿を消したのだ。

「本当に珍しい種族なんだな……」

「オーガやトロールなど、目ではない。まさに神話の中の存在だ」

「な、なるほど」

「色々とお話をしたいところだけど、お仲間にはちょっと刺激が強過ぎたかな？」

「……」

未だにエミルたちは衝撃から立ち直れていないようだ。しかし、ディシャル様の視線を感じて、ようやく自分たちが失礼な態度をとってしまっていると気付いたらしい。

「あ……。しゅいません！　し、しちゅれいしました！」

その中でもいち早く復活したのはエミルだ。慌てて、ディシャル様に頭を下げる。まあ、メッチャ噛んでるけど。

それが切っ掛けとなり、トビアたちも動き出した。良かった、これで話が進みそうだ。

「えーっと、ディシャル様がダークエルフという、非常に希少な種族であることは分かりました」

しかし、なんでこんなところにいて、俺たちの前に姿を現したのかが分からない。

「その、滅んだはずの種族が、何故ここにいるんです？」

「そうだね……。話せば長くなるんだが……。まず、簡単に私の力について説明しておこうか」

「力、ですか？」

「ダークエルフが生まれついて魔眼を持っているという話はしたね？」

魔眼というのは、魔法の力を宿した不思議な目であるらしい。たくさんの種類があるが、魔眼一つにつき、一つの特殊な力を宿しているそうだ。

「ただ、私の魔眼は少々特殊なんだ。普通は一種類のところ、左右の目に一つずつ、二種類の魔眼を宿しているのさ」

「二つの魔眼……」

言われて、ディシャル様の目を見つめてみた。オッドアイになっているのかと思ったが、違いがあるのかどうか分からない。両目とも、血のように赤い美しい瞳である。

「ははは！　見た目では分からんよ。違うのは瞳の中に込められた魔力の質だからね。強力な魔眼の中には、瞳の色を変質させるものがあるが、私の場合はそれほどでもないしね」

「ゼド爺さん、ワフ？」

「儂にも分からんな」

「ワフもであります」

俺たちの中では感覚に優れているこの二人が分からないんじゃ、俺には絶対に分からないだろう。まあ、ここで嘘をつく理由も分からないし、多分本当なんだろう。

「私の左目は精霊眼。精霊と契約を結び、その力を借りることができるようになる」

「精霊と契約？」

それって、エルフが使う精霊魔術とは違うんだろうか？

「ああ、そうだ。過去には土地神や、人型をとれるような上位の精霊と契約を結んだ者までいたという。私は、そこらの下級精霊が精々だがね。まあ、精霊の力を僅かでも借り受けられる時点で、十分に強力だが」

「普通は、精霊と契約を結んだりできないんですか？」

俺の疑問に、ディシャル様が肩をすくめる。

「下級精霊は人の言葉を話せるほどの理性がない。人の言葉を理解するほどの格を得ている精霊は、強過ぎる。人の身で、その力を扱うことなど不可能だ」

「……エルフって、精霊と心を通わせて、その力を借りることができるんだと思ってました。精霊魔術とか」

「ああ、精霊眼を持っていたダークエルフが過去に派手な活躍をしたから、そんなイメージをエルフに持つ人間が結構いるようだね」

エルフは生まれつき魔力が高く、魔術師として優秀である。そのことから、精霊の力を借りているに違いないという噂に信憑《しんぴょう》性が生まれてしまったようだ。

普通のエルフが精霊を使役するなど、まず不可能であるらしかった。

「少し話が逸《そ》れてしまったね。さて、残った片方。右目は覚心眼《かくしんがん》という。目で見た相手の感情を読み取ることが可能だ。右も左も二つ揃っていない分、力は大分落ちるがね」

精霊眼と、覚心眼。どちらも凄い能力だ。精霊眼は普通に強そうだし、覚心眼は交渉事に向いているだろう。

だが、俺たちなんかにばらしてしまっていいのか？　村の人たちにはある程度受け入れてもらえたと思うが、新参者なんだぞ？

「そんな重要なこと、俺たちに教えてしまっていいんですか……？」

「何。村の者は全員知っている。真の仲間として受け入れる時に、教えることにしているからね」

「真の仲間、ですか……」

つまり、今までは真の仲間とは思われていなかったと……。そりゃ、まだ数日なんだし、当然なんだけどさ。あの村人たちの笑顔が、実は愛想笑いだったのかと思って、ちょっと凹んでしまった。

そんな俺の微妙な気持ちが分かったのか、ディシャル様が苦笑する。いや、これが覚心眼の能力か？

「そんな顔をされると、心苦しいね。村の人間たちは、君らを騙《だま》そうなどとはしていないよ？」

「本当ですか？」

「ああ、村に来た人間が腹の中であくどいことを考えている場合、監視役の私からの注意が密《ひそ》かに伝えられて、村人たちもよそよそしくなる。だが、君たちみたいに善良な人間だった場合は、私は特に何も言わずに監視するだけだ。その場合、村人たちも普段通りに接する。つまり、君らに対して村の人間は、素で歓迎していたってことさ」

少しホッとした。ただ、今のディシャル様の言葉の中には、無視できない部分があった。

「ディシャル様にずっと監視されていたんですか？」

別に、そのことを咎《とが》めるつもりはない。だって、余所者を警戒して監視するのなんか当然だ。むしろ、監視できる手段があって監視しないなんて、危機管理意識がなさ過ぎて逆に心配になるわ。

まあ、どこまで見られていたのかとか、ヤバいことを聞かれていないかとか、色々と心配になったが。

それよりも、監視の方法がよく分からない。俺は全然気付かなかったぞ？ ディシャル様は目立つし、遠くから監視するにしても、どうやってるんだろうか？ 俺は再度ゼド爺さんとワフに視線を向けるが、二人とも首を横に振った。そんな気配感じなかったというのだろう。

「ははは。精霊眼のおかげさ。これは、精霊と契約を結ぶだけではなく、その目を通して物を見ることができるのさ。私の場合、契約を結んだ下級精霊数体だけ。しかも、この村よりも遠くに行かれると見えないいんだけどね」

ディシャル様の凄いところは、精霊の目を通している場合も、覚心眼で相手の感情を視《み》ることができるという点であるらしい。

「力は弱いが、組み合わせることで普通ではできない遠隔での覚心眼の使用ができるってわけだ。監視にはもってこいの能力だろ？」

確かに。この洞窟で座っているだけで村中を監視できて、しかも悪人が悪さをしようとしているのを事前に察知もできる。さらに、精霊を通して声を届けることで、村人に注意も促せるらしい。

「でも、ディシャル様の魔眼があれば、相手が悪人かどうかなんて最初から簡単に分かるんじゃないですか？　監視する必要がありますか？」

「そうそう都合の良い能力じゃないんだよ。まず、善人、悪人という分け方が、なかなか難しい」

がめつくて意地汚いが、商売相手としては成り立つ商人。逆に、国のためにという大義名分を振りかざして、獣人を奴隷にする正義の騎士。

感情と行動と性格は、必ずしも一致しない。

「それに、一応は善人でも、誘惑に弱い者や、差別意識の強い者。村に住まわせるにはいかない者も多い。それを見極めるために、あえて数日は普通に暮らしてもらうのさ」

その間に、ディシャル様が相手がどんな人物なのか、見極めるということなんだろう。

「で、問題ないと判断したら、秘密を教えて村に迎え入れるというわけだ」

「つまり、俺たちは問題ないと判断されたわけですね？」

「ああ。正直言って、君たちほどのお人好《よ》しの集団、久しぶりに見たよ。私の目を欺《あざむ》くために、自分自身に催眠術でもかけてるのかと疑ったほどさ。まあ、すぐに単なるお人好しなんだと分かったがね。とくに君さ、トール」

「はい」

「お人好し過ぎて、心配になるほどだよ。まあ、これからは村の仲間として、よろしく頼む」

「は、はい。お願いします」

初対面の人に心配されるレベルのお人好しって……。いや、善人だって言われたと思っておこう。

「さてと。この村の一員になったということで、この村の成り立ちを軽く教えておこうか。私がここにいる理由とかね」

ディシャル様に言われて思い出した。そういえば、最初はその話だったな。

「それほど複雑な話ではない」

ハールヴァイド帝国によってエルフの国が滅ぼされた後、ダークエルフたちは散り散りに逃げたそうだ。

そして、ディシャル様は西へ逃げ続け、この地方へとやってきた。

現在、すでにハールヴァイド帝国はない。しかし、その後継者を名乗る国が複数あり、今でもエルフを目の敵《かたき》にしているらしい。ハールヴァイド帝国の政策を一部受け継ぐことで、正当性を示しているのである。ダークエルフに懸けられた懸賞金も未だに健在であった。もし、西側の冒険者たちがダークエルフの生存を聞きつければ、この村を荒らしにやってくるだろう。

それ故、ディシャル様は未だに隠れて暮らしている。

「もう、存在しているかどうか分からないのに、賞金は残ったままなのか」

「ある意味、笑い話というか、古い伝統的な扱いになっているんだろうよ。それに、ダークエルフは長寿だ。数百年程度なら、まだ生き残っている可能性もあると考えているんだろう。実際、私は生き残っている。賞金を管理している冒険者ギルドが残っている限り、解除はされんさ」

肩をすくめながら、ディシャル様は苦笑する。

「それにしても、そこまでしてダークエルフを追っていたんですね。そんなに、ダークエルフを滅ぼしたかったんでしょうか？」

「私にも、奴らが我らに拘《こだわ》った真の理由は分からん。ただ単に我らを危険視していたのか、なんぞ他に理由があったのか……」

とにかく、帝国から遠く離れたとしても、ダークエルフたちに安住の地はなかった。ダークエルフの首に高額の賞金が懸けられていたという理由もあるが、それ以外にもダークエルフが人々に狙われた理由があったのだ。

「我らダークエルフは、闇の魔力を宿しておる。そのせいで、日の光に弱い」

「え？　そうなんですか？」

「私たちの黒い肌は闇の魔力の影響だ。日に焼けているわけではない。それ故、肌が黒い人間たちと違って、我らは日の光に弱いんだ。すぐに貧血になるし、魔力も大幅に下がってしまう」

逆に、肌が白いライトエルフは日焼けなども一切しないが、夜になると強い眠気に襲われ、魔力が弱まってしまうという。

「ウッドエルフなどであれば、あまり影響がないんだがな」

ウッドエルフは日の光には影響されない代わりに、緑の濃さに影響を受けるそうだ。

「日の光を浴びたら肌が焼けるというほどではないが、嫌がることは確かだ。ただでさえ魔力が弱まっているうえに、一番得意な闇魔術は太陽の下では威力が下がるからな」

日の光を浴びることを忌避《きひ》し、瞳が赤く、強力な闇魔術を操る。この特徴が、ある忌み嫌われている魔獣とそっくりであったことが、ダークエルフの運命を決定づけてしまった。

「……人の中に、ダークエルフはヴァンパイアの眷属であるというデマが広まってしまったのだよ」

「ヴァンパイア！　え？　いるんですか？」

「うむ。この付近では大昔に狩り尽くされてしまったが、南部にはまだ密かに生き残っていると言われているな」

ヴァンパイアは、呪いによって変化した人間のなれの果てであるらしい。始祖は、狂った貴族に拷問の末に殺された一人の呪術師の少女であったそうだ。人全てを恨みながら呪術で自らを化け物へと変貌させ、生まれたのが始祖ヴァンパイアである。

人を恨むが故に、人を襲い、その血を啜《すす》る。そして、呪いを感染させて、人間を化け物に変えてしまう。呪いに感染した時に、耐性があると新たなヴァンパイアになり、耐性がなければサッカーと呼ばれる理性のない化け物になってしまうのだ。

人間を滅ぼしかねない凶悪な種族を、人間が許すはずがない。大規模なヴァンパイア狩りの末に、ほとんどは滅ぼされたと言われている。

「そんな種族と混同されて、まともに扱ってもらえるはずもない」

結果として、逃げるダークエルフたちは人間社会で受け入れられることなく、様々な場所に隠れ住むしかなかった。

「まあ、ダークエルフが滅んだと言われ、その存在自体が幻となったおかげで、そのデマも消え去ったようだがな」

そもそも、ダークエルフ自体の存在が疑問視されるほどなのだ。デマも何もないのだろう。

「多くの仲間は、失意の内に死んでいったよ。それに比べれば、私は運が良かった」

ディシャル様も他のダークエルフ同様、人間に追われながらも、なんとか生き永らえていたそうだ。だが、そんな彼女に転機が訪れる。

「この場所にあった集落の人間たちが、私を受け入れてくれたのさ。当時は集落と言えるほどの規模でもなかったが」

滅んだ小国の騎士たちが、谷間に隠れながら落人《おちうど》の集落を作っていたらしい。そして、同じような境遇のディシャル様を受け入れてくれたのである。彼女は落人たちに感謝し、この場所を発展させることに尽力した。そして、その力と人柄を見込まれて、相談役のような立場になったらしい。

以来この村は、外から逃げ込んできた者たちを受け入れながら、細々と永らえてきた。

「もう、四〇〇年以上になるかね？　私の能力で村に悪意のない者は迎え入れ、敵意や悪意を抱く者は排除し、なんとか村を存続させてきたのさ」

「ディシャル様は、この村の守り神でございます」

それまで黙っていた村長が、口を開く。

「私はこの村の生まれでございますが、我らにとっては指導者であり、守護者であり、母であり、祖母でもあります。幼き頃、ディシャル様に読み書きを教わったのは、今でも良い思い出でございますよ」

「なに、この村で日中暇なのは我くらいなのだ。子の面倒くらいは見なければな」

随分と余所者に優しい村だと思っていたが、ディシャル様の能力を信頼しているからなのだろう。

「改めて、歓迎しよう。ソルベスの村にようこそ」

「あ、ありがとうございます」

「さて、これでディシャル様との顔合わせは終わりであります。夜分に申し訳ありませんでした」

「いや、必要なことでしたし、夜なのも理由があったわけですから……」

ダークエルフは日中は能力が低下すると言っていたし、夜の方が元気なのだろう。

「じゃあ、これでもう戻っていいんですか？」

「ああ、トールだけは少し残ってくれるかい？　ちょっと話があるんだ」

戻ろうとした俺たちに、ディシャル様が声をかけてくる。俺だけと、内密な話があるそうだ。

ゼド爺さんは多少渋っていたが、俺は無理にでも爺さんたちを家に帰らせた。そもそもこの村に住もうってのに、村長よりも偉い人を疑ってどうするんだって話だ。

ただ、ワフだけには残ってもらうことにした。ワフなら俺の事情を全部知ってるからな。

これは俺の勘でしかないが、ディシャル様の話は俺の能力や、少し特殊な立場に関するものなんじゃないかね？

だとしたら、ディシャル様がゼド爺さんたちを帰らせたのは、俺への配慮だと思う。

「さてと……これで、ここにいるのは私と君たち、そして私の契約精霊だけだ」

「え？　精霊？」

「精霊さんがいるのでありますか？」

「ちょっと待ってくれ……。出《い》でよ、風の精霊よ」

ディシャル様が集中して指先に魔力を集める。しばらくすると青い魔力は指先を離れ、フワフワと宙に漂いながらゆっくりと姿を変え始めた。そして、何かの輪郭を描き始める。

「これが私の契約精霊だ」

「――」

現れたのは、一匹の蜻蛉《とんぼ》であった。エメラルドのように輝く翅《はね》に、深い緑色の胴体を持った蜻蛉が、ディシャル様の上空でホバリングしている。

「綺麗でありますな！」

喋ることはできないらしい。しかし、歓迎されているように感じた。

「精霊の放つ魔力は、意思の力が乗っているからね。精霊の感情が伝わってこないかい？」

「――」

ディシャル様に教わった後だと、精霊の感情がハッキリと理解できた。本当に歓迎されていたらしい。

「名前はなんというのでありますか？」

「精霊に名前なんかないさ。風の精霊。それが呼び名だね」

「ディシャル様が名付けたりはしないんですか？」

「いやいや、無理だね。下級とはいえ、私たちよりも格上の存在なんだよ？　名前を与えるような深い契約を結んだら、こっちが耐えられないさ」

俺たちには精霊眼の力はよく分からないが、色々と複雑なようだ。だが、そうなると一つ疑問が残る。

「でも、以前出会った精霊たちには、名前があったぞ？」

「名前を持つのは、上位の精霊だ。暴れ回り過ぎて、人々から統一された認識を持たれた精霊。特殊な土地に宿った精霊。もしくは、神によって名を与えられた精霊。どちらにせよ、危険な存在だ。今の口ぶりだと、一回ではないのだろ？　トールはよく無事だったね」

「あー、一回目は死にかけましたね」

「ふむ。それで無事とは、やはり君は普通じゃないな。さすが、神気を宿すだけある」

やっぱりその話か。以前、大精霊フォルタル＝クルアにも、同じように神の力を宿していると見抜かれた。精霊やその関係者には、分かってしまうってことなのかもしれない。

「あー……」

「別に話したくないなら構わないよ。悪意を持って隠しているわけじゃないのは分かっているし。ただ、何か困っているなら、相談に乗るからってことを伝えたかったんだよ」

「それは、ありがとうございます」

「それに、君の力を少し当てにしているというのもある。不思議な絵札を使う力、あれが神に与えられた祝福なんだろう？」

「まあ、そんな感じです」

やっぱ見られていたよね。

「この村の生活は厳しいから、頼りになる仲間は大歓迎さ。あまり自分の能力を人に見せたくないんだったら、絵札を使う時にはそこの倉庫で使用するといい」

「いいんですか？」

「ああ。それに、倉庫の中で使ったとしても、君が何か不思議な力を持っていることはすぐにばれると思うしねぇ」

倉庫の中に入って出てきたら、魔獣が増えたりしてるわけだしな。メッチャ光るし。

「しかし、神の力をこれほど身近に感じたのは久しぶりさ。もしかして何かの使命の途中だったりするのかい？」

「いや、俺はなんというか、特に使命的なものは聞いてないですね」

「え？　そうなのかい？」

「はい。あ、ただ、以前出会った大精霊からは混沌憑きを見たら積極的に狩ってほしいというお願いはされましたけど」

「だ、大精霊様だと？」

俺の言葉を聞いたディシャル様が、目を見開いて叫んだ。

「え、ええ。大精霊フォルタル＝クルアって、名乗ってたんですけど……」

俺は、大精霊と出会った経緯を簡単に説明する。

「なるほどね……。まさか混沌憑きの精霊を倒せるほどだったとは……」

「やっぱり普通は難しいんですか？」

「当然さ。精霊と混沌。双方にダメージを与えなくちゃならないんだから」

やはり、セルエノンに貰ったカードの力は、特別ってことだろう。

「大精霊様の頼みとあれば、私も無視はできない。もし私の力が必要になったら、声をかけてくれ」

「は、はぁ……」

エルフにとって、大精霊は神に準ずる存在であるそうだ。下級の神みたいな扱いであるらしい。

「それにしても、君の絵札は不思議だね。魔獣を呼び出すだけじゃなくて、樹を成長させたり、仲間を強化したりもできるのかい？」

「ま、まあ。制約は色々とあるんですが。カードに秘められた力を解放する的な感じなんですよ」

「ははぁ。面白いね。ねぇ、嫌じゃなければ、何か使ってみてくれないかい？」

「ここで、ですか？」

「うん」

ディシャル様は好奇心が旺盛《おうせい》であるらしい。期待するような目で俺を見上げている。

「うーん……」

手札を確認してみるが、おいそれと使えないカードばかりである。

「使えそうなのはこれくらいですね……」

俺が手に取ったのは、［ツリーアーマー］のカードだ。同じ相手に複数回使えるのか、実験をしていなかった。だったら、ここでワフに使用してしまうのもいいかな。明日には使うつもりだったし。

「じゃあ、ワフ！　行くぞ！」

「はいであります！」

「どんな感じなんだろうね。楽しみだよ！」

ワクワクした顔のディシャル様の視線を感じながら、俺は［ツリーアーマー］のカードを見やすく掲げる。この方が分かりやすいだろう。

「では……【ツリーアーマー】」！　召喚！」

「おおー！　来ましたぞ！」

カードから発せられた光が、ワフの腕に嵌められていた腕輪に吸い込まれていった。木製の腕輪の色が少しだけ黒っぽく変化している。どうやら上手くいったらしいが……。

「どうだ？」

「少々お待ちくだされ！　うぬぬ！」

「ほほう！　これは面白いね！」

「こりゃまた……」

ワフがツリーアーマーを起動させると、その全身に木の蔦や枝が巻き付き、あっという間に鎧の姿に変化した。

それを見たディシャル様が目を輝かせて感嘆の声を上げているが、俺が驚いたのはその形状である。樹の鎧が、明らかに以前よりも育っている。全体のシルエットも一回り大きくなり、鎧を形作る樹の色もただの茶色だけではなく、重厚な黒が混ざっていた。黒檀《こくたん》的な色合いだ。

重ね掛けしたことで、パワーアップしたのだろう。ワフの体から、以前にも増して力強い緑色の光が立ち上っていることからも理解できた。

もうね、カイオ〇ケンを使っているのかと思うくらい迸《ほとばし》っているのだ。

ただ、さすがにここでワフのパワーを試すわけにもいかん。メチャクチャ狭い、洞窟の中なのだ。床の広さは普通のワンルーム程度。天井も、一番高いところで三メートルくらいで、低いところは二メートルもないのだ。だが、ワフはワフだった。

「力がみなぎってくるのでありますぞ！　ワフー！」

「あっ！」

止める間もなかった。ワフの野郎、なんとその場で思い切りジャンプしやがったのだ。

こんな低い場所で今のワフがジャンプなんてしたら――。

「ギャフン！」

硬い物が岩に衝突するドゴンという鈍い音とともに、洞窟の天井からぱらぱらと埃《ほこり》が落ちた。そして、ワフがビタンと地面に落下し、頭を抱えて呻《うめ》いている。

いくら防御力が上昇していても、今のワフの力で岩の天井に頭をぶつければ、かなりの衝撃があるはずだ。

「うごご～……。痛いでありますぞ～」

「考えなしに行動するからだ！　お前、またパワーアップしたんだからな！　もっと落ち着いて、冷静に行動しろ！」

「うう－、了解であります」

今のワフは、元々0／1のワフに、森の精霊の加護×2で＋2／＋2、ツリーアーマー×2で＋2／＋4となり、4／7となっているはずなのだ。まあ、気功の扱いなんかも関係してくるから、実際は3／5くらいだろうが、それだって十分超人の域だった。

「……ツリーアーマー、エミルに使う方が良かったか？」

もしくは大剣士あたりをパワーアップさせた方が良かったかもしれない。

「な、何故に！」

「粗忽者《そこつもの》のお前じゃ、何やらかすか分かったもんじゃないからだよ！」

まあ、やっちまったもんは仕方ない。そうだ、まずはディシャル様に謝らないと！

ワフを見て爆笑しているから、怒ってはいないだろうけど。

「す、すいません！　お騒がせしました！」

「あははは！　見せてほしいと言ったのは私なんだから、気にしないでよ！　そ、それよりもワフは大丈夫かな？　ぷくく」

まあ、ディシャル様に喜んでもらえたみたいだし、結果オーライかな？

「ほれ、ちょっと頭見せてみろ」

「どうでありますか？　たんこぶになってないでありますか？」

「うーん、どうだろうな」

酷く腫れてる様子はない。ただ、たんこぶにはなっているようだった。大丈夫と思うんだけど、一応頭だしな……。

「後で、生命循環の蛇に癒やしてもらおう」

「分かりました」

「いやー、色々と良いものが見れたよ。だってあんな……ぷぷ」

ディシャル様がお腹を押さえてプルプル震えている。笑い上戸なのか？　いや、さっきのワフの失敗がそれほど間抜けで面白かったのかも。

そもそも、こんな場所に何百年も籠っている人だ。ディシャル様は日中はほぼこの場所にいて、夜に湯あみのために外出するだけであるそうだ。少しのことでも面白いのだろう。地球だったら、面白衝撃動画を見るような感覚なのかもしれない。

「君たちを歓迎するよ。これからは、よろしくね」

「はい。ありがとうございます」

「ワフも、お大事に」

「はいであります」

俺たちはディシャル様に見送られながら、帰路に就く。暗いとはいえ、さすがに自分が暮らしている小屋の場所くらいは分かる。ワフの鼻もあるしね。

「ドローしたのは［石《いし》の巨兵《きょへい》］か」

石の巨兵　無色5　C　オブジェクト
■魔力5：一時間のあいだ、特殊能力を持たない4／5の無機モンスターとなる。その間、オブジェクトでもある。

魔力は多くかかるが、普段は食費などが一切かからないというのはありがたい。それに、石像だと思わせておいて実は——という奇襲も可能だった。

「主」

「なんだ?」

「ここは良き村でありますな」

ワフが笑顔で呟く。今のディシャル様とのやり取りで、よくそんなこと言えたな。

「どうしてそう思ったんだ?」

「ディシャル殿は、主の能力を見ても、全く嫌な雰囲気がありませんでした。利用してやろうとも、恐怖を感じたりもしなかったようです。長《おさ》があのような者であるのであれば、住み心地もよろしいでしょう」

「ほー、よく見てるな」

「ふふん! ワフはできる犬でありますからな!」

まあ、ワフはその辺、意外と目端《めはし》は利く。ただ、ちょいとばかりお馬鹿なだけで。ワフがそう言うのであれば、きっと間違いないのだろう。妙に上から目線なのが気になるが。まあ、ワフだし。

「そっかー」

「そうであります!」

第四章

ディシャル様と面会し、ソルベスの本当の住人と認められてから五日。

まあ、村の人たちは元々俺たちを受け入れてくれていたので、特に変化はなかったけど。

ディシャル様の小屋で遠慮なくカードを使用できるようになったので、日々召喚を行うことができている。

他にも、色々なところでカードを使っていた。村長などは俺が［強制成長］を使ったところを見ているし、不思議な力を使う魔術師であると認識されたらしい。

ディシャル様と面会した翌日には、大怪我をした村人たちが運び込まれてきた。この村にも薬師はいるが、彼でも手の施しようがない者たちがいたのである。

そこで、俺ならどうにかできるのではと考えたらしい。患者は、ガタイの良い男たちであった。元冒険者で、今は村の警備兵として働いている者たちだ。彼らは町へと物資の買い出しに向かっていたのだが、帰りに盗賊に襲われてしまったのだという。

五人中、四人はコボルトの薬師の作っていたコボルトポーションでなんとかなった。このポーション、テキストに書かれた数値上だと生命力を1点回復してくれるはずなんだが、実際はもっと効果が弱かった。

最低値だから1と表示されているが、実際は0・2とかそのくらいだろう。それでも、いくつも使えばちゃんと傷を治せるし、普通の傷薬よりは効き目があるんだけどね。その代わり、メチャクチャ沁《し》みるし、メチャクチャ臭いけど。まあ、コボルトの使うポーションだからそこは仕方ない。

問題は最後の一人だった。ポーションがもうないうえに、瀕死の重症だったのだ。これには俺の［生命回復］で対応しておいた。

本当は生命循環の蛇の能力が使えれば良かったんだけど、前日の夜にワフの頭のたんこぶを治してしまったせいで、再使用が間に合わなかったのだ。

うん、今後はもっと慎重に能力を使うことにしよう。

［生命回復］を使った翌日に使ったのが、前日に生命回復のドローで入手した［霧豹《きりひょう》］だ。白い霧を身に纏った、乳白色の豹のイラストが描かれている。

ただ単に霧を纏っているのではなく、体の一部と霧の一部の境があいまいだった。体を霧化できるってことなのだろうか？　そう考えれば、浮遊の能力も理解できるし。

ちょうど黄魔力を生み出してくれる［風霊の宝玉珠］をドローしていたので、タイミングも良かった。

召喚した霧豹は、メチャクチャかっこいい。白い霧を纏ったクリーム色の豹だよ？　しかも、虎サイズ。ワフと灰色狼が嫉妬するくらい撫でまわしちゃったぜ。3／2というだけでも強いのに、浮遊、瞬発、擬態を持っている。きっと活躍してくれるだろう。

霧豹は猫科同士だからなのか、虎人の大剣士と相性が良いようだった。翌日からは、一緒に行動しているのをよく見かけたのだ。

この時のドローが、また面白い引きをしていた。［清《きよ》らかなる噴水《ふんすい》］と［鉱石発見《こうせきはっけん》］だったのだ。

［鉱石発見］は、ゼニディアの町でもお世話になったカードだ。発動するのにどんな色の魔力でも

使用でき、好きなマナを補充できるので、戦略の幅が大きく広がる。

青モンスターの生命を回復してくれる［清らかなる噴水］は、効果自体は全く意味がない。何せ、青のモンスターを一匹も連れていないのだ。

だが、重要なのは噴水であるということだろう。［聖なる泉］と同系統のカードであるならば、無限に水を生み出してくれるはずだった。上手くいけば、村の水源が一つ増える。

今は、水量の少ない井戸から節約しつつ、汲《く》み上げている状況なのだ。井戸は三つほどあるんだが、二つは枯れ井戸である。一〇〇年以上前に、枯れてしまったそうだ。

俺はディシャル様、村長と相談して、翌日に枯れた井戸の中に噴水を設置することにした。外に置いてしまうと、水気に誘われてハーピーが集まる危険があるからだ。

前日に使用しておいた鉱石発見で青魔力を生み出し、万能魔力を使わずに召喚できている。

狙い通り、井戸の底に無限に湧き出る噴水が設置され、村のみんなに非常に感謝された。濁りもなく、飲み水にも治療にも使えるということで、ディシャル様も驚いていたな。

さらに余った魔力で石の巨兵も召喚しておく。

ディシャル様に相談したところ、村の入り口に置いてはどうかということだった。盗賊がいつ村まで来るか分からない状況だし、いい案だろう。

鉱石発見、清らかな噴水、石の巨兵のドローはそれぞれ、［蔦鼠］、［バルツの森の見張役］、［灰色狼］だった。緑魔力がまだ2余っているので、立て続けに［蔦鼠］、［灰色狼］を召喚しておく。

昨日、今日と大量のカードを使ったおかげで、モンスター四〇匹召喚の試練も達成である。報酬である万能魔力2が非常に嬉しいのだ。ドローは、［鬼人《きじん》の浪人《ろうにん》］、［黒闇《くろやみ》の首飾《くびかざ》り］だった。

ただ、翌日はモンスターの召喚を少々控えることにする。それよりも、石の巨兵の性能を確認したかったのだ。

とりあえず黒闇の首飾りを召喚し、残りの色魔力で石の巨兵を起動することにした。こいつがかなり強い。人間と変わらない動きをする、石の巨人なのだ。重い岩も平気で持ち上げ、投擲《とうてき》なども器用にこなす。稼働時間が一時間しかないが、それでもピンチの時には十分頼りになりそうだ。

そして今日。黒闇の首飾りのドローである、［黒煙《こくえん》火山《かざん》の魔術師長《まじゅつしちょう》］を召喚しようとしていた。

夕食も終わり、すでに日が落ちようとしているが、その方がみんなを驚かせずに済むだろう。

黒煙火山の魔術師長　モンスター：竜人
赤4　2／3　SR
■飛行、破呪（スペルの対象になった場合、そのスペルを打ち消す）
赤2：対象に2点ダメージを与える。
アタックの代わりに、対象に2ダメージを与える。

飛行持ちで呪文に強く、遠距離攻撃までこなす。それでいて2／3だ。こちらの世界でなら十分近接戦闘での戦力になるだろう。

「召喚！」

喚び出された黒煙火山の魔術師長は、枯れた様子の老竜人だ。赤地に金糸で刺繍された豪奢なローブを身に纏い、左手には樫のステッキ。右手で長い髭を扱《しご》いている。目元の小さな丸メガネが、ともすれば恐ろしささえ覚える二足歩行の竜に、愛嬌《あいきょう》と理知的な印象を与えていた。

「魔術師長。よろしく頼むぞ」

「ゴファ！」

喋ることはできないものの、優雅に一礼するその姿からは、高い知性を感じることができた。

空を飛んでもらうと、想像以上に速く、小回りも利くらしい。小回りに関してはハーピーほどではなさそうだが、最大速度は魔術師長の方が速いだろう。

さらにアタック代わりのダメージ能力だが、こちらは火炎ブレスだった。大きく息を吸い込み、火球を飛ばすことができるのだ。

赤魔力を支払って放つのが魔術なんだろう。一〇秒ほどの詠唱で、火球を放つことができるようだ。もっと長い詠唱をすれば、さらに強力な魔術も撃てるらしい。カードでは2点のダメージを放つ攻撃しかできないが、クレナクレムでは威力の調整が可能だった。

「トールさん！」

「うん？」

魔術師長の能力を確認し終わり、家に帰ろうとしていたら誰かに声をかけられた。

振り向くと、カグートだ。

「ちょっと時間あるか？　できれば、ディシャル様の庵《いおり》に来てほしいんだが」

「今から、ですか？」

「ああ。ディシャル様も交えて、今後のことを話し合いたい」

「いや、そんな大事な話し合いに、俺たちみたいな新参者が加わっても……」

「確かに貴方たちは新参者だが、その実力はこの村でも指折りだ。それに、心根の方もディシャル様のお墨付きだしな。ぜひ、意見を聞きたい」

「……分かりました」

時刻はもうすぐ夜と言ってもいい時間だ。あと半刻もせずに日は完全に沈むだろう。

クレナクレムは中世の地球と違って、光源が比較的簡単に用意できる。魔術や魔獣脂《まじゅうし》、魔道具のおかげだ。それ故、日の入りとともに即座に寝るわけではない。

それでも、日が落ちてから外出することは稀《まれ》であった。

俺もこの村に来て以来、ディシャル様に紹介された日以外は数度しか外出していない。それも、自警団員たちと一緒に、夜の見回りを体験したからだ。うちで毎晩外出している人間は、ゼド爺さんとトビア、ジェイドだけである。自警団を手伝っているので、見回りが日課になっているのだ。

裏を返せば自警団以外の村人は夜に外出しないということでもあった。

実際、エミルやマリティアは、夕食後はずっと家にいる。

つまり、こんな時間に俺たちのような新参者をわざわざ呼び出すということは、それだけ重大な話があるということなのだろう。断れるわけがなかった。

カグートに連れられて、ディシャル様の元へと向かう。

同行者はゼド爺さんと、トビアである。これは、ディシャル様からの指名だった。

倉庫に入ると、すでに俺たち以外の人間が揃っている。

「お待たせしました」

「いやいや、こっちが呼びつけたんだから、頭を上げてほしい」

いつもは樽や箱が少し置いてあるだけの倉庫に、今日は机と椅子が並べられ、会議室のような雰囲気であった。上座にディシャル様。あとは村長、自警団の古参数人、村長の補佐役の老人数人といった感じである。

そして会議が始まったが、その議題は穏やかとは言い難い内容であった。

「月影《つきかげ》の盗賊団《とうぞくだん》。その背後に、フィーナン伯爵がいる可能性が高い」

「何！　どういうことですか！」

「真《まこと》の話で？」

ディシャル様の言葉に、男たちが騒めく。だが、俺たちにはいまいち理解ができなかった。

月影の盗賊団というのは、街道に出没する盗賊たちのことだろう。旗印に、三日月のマークを使っているという話だった。だが、フィーナン伯爵とは誰だ？

首を傾げている俺たちに、ディシャル様と村長が、色々と教えてくれた。

フィーナン伯爵というのは、このソルベスの村から西側に領地を持つ、隣国の貴族であるらしい。

ソルベスは今まで俺たちがいた南のナール国と、西のトーロ国という二つの国に挟まれている。

だが、今まで国からなんらかのいちゃもんをつけられたことはないらしい。

ソルベスの成り立ちや立地が非常に複雑なことが、大きな理由だろう。

まず、ナールとトーロ、両国が成立するよりもさらに前から村が存在するせいで、土地の所有権を主張しづらい。国が生まれた時に暗黙の了解でその存在を認めたことにより、今さら自国の領土であるとは言えなかった。

しかもここは不毛の土地で、魔獣も多い。国としては、わざわざ領地に組み込むほどの旨《うま》みが少ないのだろう。

むしろ、犬猿の仲である二つの国にとって、ソルベスを占領してしまえば相手を無駄に刺激しかねないという危険性があった。どちらの国も、全面戦争をしたいわけではないのだ。

それ故、トーロ国の最東端の領主であるフィーナン伯爵も、今までは目立った動きを示したことはなかった。ソルベスの住人たちがトーロ国に行商に行っても問題なく受け入れてもらえていたし、特にいちゃもんを付けられることもなかった。暗黙の了解として、穏便《おんびん》に無視してくれていたのだ。

それが、今回は違っていたらしい。証言するのは、先日俺が［生命回復］で助けた、自警団の男性、ジョナサンだ。行商のリーダーを任されたことからも分かる通り、ジョナサンは村でも信頼されている人間の一人である。そのジョナサンが、フィーナン伯爵の配下の騎士に接触されたらしい。

「明らかに、こちらの事情を知り過ぎていました」

なんとその騎士は、盗賊団に悩まされていることだけではなく、トロールがナール国への街道を塞いでいること、さらに村の食料が残り少ないことなども知っていたというのだ。

「それで、その騎士が、フィーナン伯爵家の騎士団を村に駐留させてはどうかと提案してきたんです」

トロールを倒すことはできないが、盗賊団を追い払うことは可能だと言い出したらしい。

「ソルベスの村の状況をあそこまで正確に知ることは、なかなか難しいでしょう」

「そうだねぇ。普通なら村人が行商人なんかに漏らした可能性もあるけど、うちの村に限ってそれはないし」

ディシャル様の言う通りだ。

長らく行商人も来ておらず、村人の外出もない。その村のことを詳しく知るなど、よほど特殊な立場の人間だけだろう。例えば、行商人が来ない理由を作った人間などである。

「多分、脅しのつもりだったのではないでしょうか？」

騎士の言葉の端々には、ソルベスに対する威圧のようなものが含まれていたそうだ。盗賊だけではなく、トロールですらフィーナン伯爵の意図したものだと言うかのような口ぶりだったらしい。

つまり騎士としては、ソルベスの村を救いたければ、騎士団を受け入れろ。そう言いたかったのだろう。ある程度の権限を与えられているジョナサンが了承したという事実があれば、無理やり騎士を村に駐留させても言い訳が立つ。

しかし、ジョナサンはその提案を断った。村の事情を鑑《かんが》みれば、騎士など絶対に受け入れられないからだ。騎士団など駐留させてしまえば、それは相手の支配下に入ったも同然である。国や権力者に対して不信感を持つソルベスの住人たちが、承服するはずもない。

そしてその結果が、行商に向かった自警団員たちに降りかかった悲劇であった。見せしめのためだったのか、他の村人をおびき寄せる意図だったのか。

ジョナサンたちは盗賊団に襲われ、半数が死亡し、半数が命からがら村に逃げ帰ってきた。

「目的は分からないが、明らかにフィーナン伯爵が何かを企んでいると思います」

ジョナサンの言葉に、室内の空気が重くなる。だが、その場ではそれ以上の議論をすることはできなかった。

「た、大変だっ！　盗賊たちがこっちに向かってきてるかもしれない！」

飛び込んできた見張り役の自警団員が発した言葉で、場が騒然となってしまったのだ。

対応を決める前に、相手が動き出してしまったらしい。

だが、そんな時でも落ち着いていたのがディシャル様だ。

「それで、盗賊が近づいているかもしれないっていうのは、どういう意味だい？」

「それが、トールさんのモンスターが村の外から戻ってきたと思ったら、しきりに騒ぎ出しまして」

なんと、俺のせいだった。俺が見回りに派遣していたポルターガイストメイドが、焦った様子で何かを伝えに戻ってきたらしい。

最初の頃は驚かれたメイドさんだが、今では自警団でも人気者だ。幽霊だけど、美人さんだからな。ジェスチャーで軽い意思疎通《そつう》はできるようになったはずだが……。

「どうも、敵が、それも人間が近づいていると言いたいようで……」

「そうか……。偵察を出さないとね。トール、モンスターの力を借りられるかな？」

「勿論ですディシャル様。偵察はどういう形にしますか？」

自警団から人を出すのか、それとも俺たちだけで行くのか。俺にはペガサスもいるし、空からの偵察ならできる。

「ふむ。まずは、トールのところのメイドちゃんに状況を詳しく聞こう。呼んできてくれるかい？」

「わ、分かりました！」

その後、戻ってきた自警団の男性に連れられて、ポルターガイストメイドもやってくる。

そのメイドさんに色々と質問をして、身振り手振りで答えてもらった結果、やはり盗賊たちが村に迫っているらしかった。例の三日月の旗をメイドさんが見ているのだ。

山や森の中に一〇〇人を超える武装した男たちが潜んでおり、コソコソとこの村に近づいているという。

「まずはそいつらの姿を確認しないとダメだねぇ」

「……俺が行きます」

「頼めるかい？　君の力を当てにするばかりで申し訳ないけど」

「いえ、うちのペガサスが適任ですから」

いつその武装集団に襲われるか分からない状況で、村の防衛力を削るわけにはいかない。偵察は俺たちだけで出ることにした。メンバーは俺、ペガサス、メイドさん、あとは数体のモンスターだ。敵の先遣隊《せんけんたい》がどこまで来ているのかを探ることが第一の目的だな。

それだけではない。俺のモンスターの中でも森の中での戦闘に適した奴らを、遊撃部隊として森に解き放つことになった。灰色狼などにゲリラ戦をさせようということである。

拠点防衛ではあまり役に立たないしね。遊撃部隊のモンスターたちには、自分の判断で人を襲っていいと許可を出している。

旗印を見ただけでまだ完璧に盗賊であるとは確定していないが、こんな時間にこんな場所をコソコソと動いている時点で、盗賊であることは決定であるそうだ。

それに、どこの誰にせよ碌《ろく》なことを考えていないのは間違いない。国に属していない村の周囲に、通告もなく秘密裏に軍事力を展開させているのだ。どんな反撃を受けても、仕方がない行為である。

「さて、行くか」

俺が飛び立つのは、［強制成長］を使った崖上の畑からだ。すでに、準備は終わっている。

「トール殿。お気を付けて」

「村長、ありがとうございます。ゼド爺さん、ワフやエミルたちを頼む」

「うむ。任せておけ」

「主！　気を付けてくだされ！」

「ああ。大丈夫だ。ワフも、ゼド爺さんの言うことをよーく聞いて、迷惑をかけるなよ。いいか？　暴走して、迷惑をかけるんじゃないぞ？」

「何故、二度も……」

「お前が迷惑かけそうだからだよ！」

「失敬な！　このワフのどこが、迷惑かけそうなのでありますか！」

「全部だ全部。ともかく、戦いになっても一人で飛び出すなよ？」

ワフに念を押しつつ、俺は伝令のペガサスに乗って飛び立った。

お供は先導役のポルターガイストメイドに、コボルトの狙撃弓兵、コボルトの探検家、蔦鼠の三体。そして、自力で空を飛べる霧豹、黒煙火山の魔術師長だ。空を飛べるモンスターを喚び出しておいて、本当に良かった。その判断をした俺、グッジョブ。

伝令のペガサス、霧豹、黒煙火山の魔術師長の中では霧豹の速度が一番遅い。所持している能力が飛行ではなく、浮遊だからだろう。それでも、俺が思っていたようなフワフワと浮かぶだけではなかった。宙を蹴って駆けることができるらしい。地上とそう変わらない速度が出せるようだ。

少なくとも、俺の想定よりは数段速かった。嬉しい誤算である。

「メイドさん。それで、敵の場所はどこか分かるか？」

「ウアア」

　メイドさんには、盗賊たちの位置がかなり正確に分かっているらしい。彼女には生命力を探知するような能力が備わっているからな。それのおかげだろう。

「ウア」

「……どこだ？」

　ただ、夜目の利かない俺には全く見えなかった。今日は曇っているせいで、月も星も出ていない。そのせいで、本当に真っ暗なのだ。メイドさんが指さす方角を見つめても、夜の森が広がるだけだった。気配も感じられないし、人の声なども聞こえない。

「本当にここか？」

「ウアー」

「す、すまん。疑って悪かったって！　だからそんな泣きそうな顔するな」

「ワフ！」

「ガルル」

　どうも、俺以外の魔獣たちはその場所を理解できているらしい。本当にいるのだ。

「ふむ。ディシャル様には、攻撃できそうなら先制で仕掛けても構わないって言われているが……」

　できれば、相手の正体は知っておきたい。貴族が後ろ盾っていう話もあるしな。単なる盗賊なのか。それとも貴族の私兵が偽装している存在なのか。

「メイドさん。敵の人数は？」

「ウア」

　メイドさんが指を三本立てる。

「三人か」

盗賊たちは三人一組になり、森の中に散らばって行動しているようだ。気配で察知されないようにするためだろう。最終的な目的地を定め、そこまでは少人数で移動するつもりであるようだ。盗賊らしからぬ慎重な作戦だった。

「狙撃弓兵。もう少し近づけば、一人を仕留められるか？」

「オフ！」

頼もしい返事だ。むしろ、ここからだっていいよ？　この程度の距離で外すわけがないでしょう？　その顔は、まるでそう言っているようだった。

「じゃあ、もう少し近づいてから、狙撃弓兵と、隠密に長《た》けた霧豹が一人ずつ仕留めろ。で、メイドさんと蔦鼠で、一人を生かして捕まえてくれないか？」

メイドさんの攻撃は、相手の精気を吸うというものだ。これでこっそり弱らせて、蔦鼠の尻尾で捕縛する。不可能ではないと思うが……。

「できそうか？」

「ウアア！」

「チュ！」

うちのモンスターたちは、みんなやる気十分だね。まるでワフみたいだ。いや、そう思うとちょっと心配になるけどさ。

「魔術師長は保険だ。もし誰かが失敗したら、一気に強襲して仕留めてくれ」

「ゴファ」

「よし、それじゃあ作戦開始だ！」

闇夜の森に潜む盗賊たちに対して先制攻撃を仕掛けるべく、俺たちは動き始める。

「行くぞ！」

森の中へと降下し、ゆっくりと盗賊たちへと近づく。そうして慎重に歩を進めること数分。ようやく俺の目でも盗賊を視認することができる距離までやってきた。とはいえ、盗賊が掲げている灯《あかり》があって、ようやくぼんやりと見える程度の距離だ。

「頼むぞ」

「ウア」

ポルターガイストメイドと蔦鼠、霧豹が密かに盗賊たちに近づいていった。その配置が完了したら、攻撃開始だ。

最初はポルターガイストメイドの攻撃からである。物陰に隠れたメイドさんが、盗賊の一人に対して吸精を発動した。突如襲う疲労感に、盗賊が動きを止めるのが分かる。

「おい、どうした？」

「な、なんだか、急に……」

様子のおかしい仲間を心配した盗賊たちは、完全に足を止めた。

「よし、狙撃弓兵頼むぞ」

「オフ！」

コボルトの狙撃弓兵がペガサスの背から弓を放つ。その必殺の矢は木々の隙間を縫い、盗賊の一人を正確に貫いていた。後で死体を確認して分かったが、その矢は眼球を穿ち、その頭部に刺さっていた。即死だったろう。

「うおー、さすがだ！」

「ワフ！」

その矢が放たれたと同時に、霧豹が残りの盗賊の首に噛みついていた。さすが豹なだけあり、盗賊に気付かれずに接近することなど、朝飯前であるらしい。

盗賊は自身に何が起きたのかも分からぬまま、首の骨を砕かれて息絶えただろう。

俺たちが現場に到着すると、すでに残った一人も意識を失って倒れていた。その首には蔦鼠の尻尾が巻き付いている。事前の打ち合わせ通り、メイドさんが吸精で弱らせ、蔦鼠が首を絞めて声を上げられないようにしたのだろう。

「死んでは……ないな。よくやったぞ」

「ウア！」

「チュ！」

完璧だった。これなら他の盗賊たちには気付かれていないはずだ。

メイドさんによって衰弱させられた男は、霧豹が服を咥えてペガサスの上まで引っ張ってもらった。人間一人程度なら、持ち上げて浮遊することができるらしい。

「偵察も完了したし、捕虜も手に入れた。とりあえず村に戻ろう」

ここで尋問はできない。拘束を解いた途端、大声でも上げられたら盗賊に俺たちの存在がばれるからだ。それに、俺には人を尋問する技能なんざないからな。

その後、俺たちは大急ぎでソルベスに帰還し、捕まえた盗賊をディシャル様たちに引き渡した。

ディシャル様の覚心眼があれば、尋問は非常にスムーズである。特に拷問などをしなくても、嘘を吐《つ》いているかどうかが分かるのだ。その結果、やはりあの男たちは盗賊団の一員だった。

だが、それだけではなかったのだ。ディシャル様が険《けわ》しい顔で唸っている。

「まさか、盗賊に見せかけた傭兵団だったとはね……」

月影の盗賊団の正体は、逆月傭兵団《さかつきようへいだん》という戦闘集団だったのだ。依頼主からの指示で、盗賊に偽装していたらしい。この盗賊は下っ端だったため、詳しいことは知らなかった。だが、十中八九フィーナン伯爵が背後にいるだろう。

「問題は、ここまでの陰謀を巡らせて、何を求めているかなんだけど……」

「ディシャル様の存在がばれたのでは？」

「それにしては、やり方が迂遠《うえん》ではないかな？　普通に、私を差し出せと脅せばいい」

傭兵団をわざわざ盗賊団に偽装したうえに、その戦力を直接の戦闘には使わず、求めるものは何故か騎士団の駐留。

確かに、やり方は遠回り過ぎる気がする。何かが欲しければ、騎士団と傭兵団を使って村を直接攻め滅ぼしてしまえばいい。目的が土地であっても、人であっても、その方が手っ取り早いだろう。

「今回も、正面から襲うことは避け、正体を偽装したうえで奇襲を目論《もくろ》んでいる。たかが村相手に、どうも納得いかないな」

ディシャル様たちは考え込んでいるが、そこに再び伝令が駆け込んできた。どうやら、盗賊がすぐそばまで近づいてきたようだ。

俺たちが先制攻撃を仕掛けた森林地帯からこの村までは、険しい山道になっている。その境界線辺りまで、盗賊たちはやってきたらしい。しかも、それだけではない。

「騎士団が？」

「盗賊団よりもかなり後方に待機中らしいのですが、メイドちゃんが発見したようです。な？」

「ウア！」

自警団の男性の言葉に、メイドさんが頷く。彼女にはさらに広範囲の偵察を頼んでいたのだが、まさか騎士団までいるとは……。

「盗賊は囮で、本命は騎士団か？」

ゼド爺さんの呟きに、ディシャル様はやはり納得いかない顔で首を傾げる。

「それにしても、小さな村を襲うのにそこまで念入りにするかな？　たとえ地形的に攻めづらいと言っても、普通なら力押しでどうとでもなると考えそうだけどね……」

「それこそ、ディシャル殿の存在が相手にばれたのでは？　ダークエルフの伝説は枚挙にいとまがない。万全を期するつもりなのではないかな？」

「うーん、そうかなぁ？」

「とりあえずここで話していても仕方ない。すぐに防衛の準備に移った方がよろしいのでは？」

「そうだね。ゼドには自警団と一緒に前線を頼みたいんだが……」

「無論、儂にできることであれば、なんでもやりましょう！」

「ありがとう。それで、トールには遊撃をお願いしたい」

「遊撃？」

「ああ。君の力は、他の人間と足並み揃えるよりも、単騎で暴れてもらう方が効率がいいと思うんだ。だから、ペガサスたちを使って、敵に好きなように嫌がらせをしてくれればいい」

「なるほど」

さっきまでの役割と変わらないってことか。まあ、俺としても、その方が助かるな。ライフバリアはあっても、普段から鍛えている戦士たちと一緒に戦うのは難しいしね。

「大剣士たちは置いていくから、ゼド爺さんが指揮を頼む」

「うむ。任されよう。エミルたちのことも、心配するな」

「大丈夫。心配してないよ。ああ、その前にこいつを召喚しておくか」

日が変わる前に緑魔力を使い切らないと勿体ない。

「召喚！」

「グル！」

「おお！　雰囲気あるな！」

俺が召喚したのは鬼人の浪人である。着流しを着込んだ赤い髪の鬼人が、俺の前で片膝をつき、頭を下げていた。

鬼人の浪人　モンスター：鬼
緑3　2／1　UC
■瞬発、先制

腰に提げた刀といい、完全に侍だ。ステータス自体はそこまで高くないが、先制を持っている。

強化すれば、メチャクチャ強くなるだろう。

「良い面構えであるな！　ぜひ、その力を見てみたいものだ」

「グル！」

ゼド爺さんの言葉に、浪人は嬉しそうに喉を鳴らす。どうやら、こいつも戦闘狂の気《け》があるらしかった。

「まあ、ほどほどにな」

「分かっておる！　戦闘前に、腕前を軽く確認するだけだ」

本当にそれで済むか？　まあいいか。ゼド爺さんも歴戦の騎士。時と場合くらいは弁《わきま》えているか。

「じゃあ、行ってくる」

「うむ」

ということで、俺は再びペガサスに乗って飛び立つのであった。

「さて、盗賊の規模はどれくらいかな？」

眼下に目を凝らしながら、夜空を進む。

どうやら盗賊団は小休止しているらしく、森の中で動きを止めていた。いや、バラバラに進んできた仲間を待っているのだろう。

ならば、一度騎士団の居場所を確認しに行くことにしよう。

森の上空を滑るように一〇分ほど進む。すると、行軍する騎士団の姿を捉えることができた。

ただ、それほど大きな規模ではない。従者も含めて四〇人ほどだろう。

それに、距離もかなりある。この騎士たちが村に来るまで、まだ数時間以上はかかるはずだ。盗賊団と一緒に村を襲うつもりなのだとしたら、ちょっと離れ過ぎじゃなかろうか？　連絡の行き違いか何かがあったか？

「まあ、こいつらはとりあえず監視だけでいいや。メイドさん、頼んだ」

「ウア！」

「俺たちは盗賊を削りに行くぞ」

「ヒン！」

ペガサスの進路を再び変更し、村へと戻るルートを飛ぶ。すると、盗賊たちはすでに動きを開始した後だった。

森から歩を進め、山岳地帯をゆっくり進んでいたのだ。一気に進軍するのではなく、隠密性を重視しているらしい。音などを極力立てないために、その進軍速度は非常に遅かった。

「どう考えても、ただの盗賊よりも統率がとれているな」

上から見るとよく分かる。装備品は黒であるという以外はバラバラで、一見すれば統制のないゴロツキの集まりだろう。だがその動きはしっかりと一つの意思の下に統一されており、明らかに訓練を積んだ軍隊であった。

「しかも、数が多い」

一〇〇は優に超えている。あの軍隊に一斉に襲いかかられるのは、危険だ。村のためにも、しっかり遊撃の仕事を果たさなくては。

「――で、一気に――」

「オフ――」

「――は、こうして――」

「ゴフ――」

コボルトや魔術師長たちと相談して、軽いものだが一応の作戦を決めていく。まあ、相談と言っても、俺の提案に対し、首を振ってもらって良いか悪いかを決めただけだが。

「それじゃあ、行くぞ。まずは狙撃弓兵、頼んだからな」

「オフ！」

空は未だに厚い雲が覆い隠し、月明かりも星明かりも地上には届かない。隠密性を重視してこんな夜を選んだのだろうが――。

「ぐが！」

「な、なんだ？」

「ぎゃぁ！」

「ゆ、弓だ！　どこかから弓で狙われてるぞ！　身を隠せ！」

完全なる闇が仇《あだ》となり、盗賊たちは空にいる俺たちには全く気付けない。普通、夜なら灯を持っているのだろう。だが、奴らは身を隠すために一切の灯を点《つ》けていなかった。

そのせいで、周囲を照らすこともできない。逆に、こちらは俺以外は全員夜目が利くのだ。

「ぐぁ！　なんで……」

「どっから撃ってやがる……！」

「ひぎぃ！　バカなぁ！」

「な、何人もいるのか……？　囲まれている？」

どんな物陰に隠れようとも、上空から放たれる狙撃弓兵の矢は防げない。だが、そのせいで、何人もの弓兵に周りを囲まれたと勘違いしたらしい。ついに、ボスと思《おぼ》しき人間が指示を下した。

「仕方ねぇ！　松明《たいまつ》を灯《とも》せ！　このままじゃなぶり殺しだぞ！　弓兵を先に排除する！」

「今の命令を出したのが頭目《とうもく》だ。霧豹、魔術師長。分かったか？」

「ガウ！」

「ゴファ！」

当初、一番先に闇に紛れて頭目を攫《さら》い、捕縛する予定だった。

だが、誤算が一つあった。頭目が誰なのか判別できなかったのだ。装備も他の者と大差がなく、陣形的にも怪しい人間が複数いた。そこは俺たちの想像力が貧相だったのだろう。

一番偉いからと言って、一人だけ豪華な装備身に着けてふんぞり返るような奴ばかりじゃないよな。そもそも、安全のことを考えれば、目立たない方がいいだろうし。

そこで作戦を変更して、先に弓兵の狙撃を行うことにしたのである。固まって動く盗賊たちの一番外周部分にいる奴らを狙撃して、混乱を誘う。これは、万が一にも頭目を射殺してしまわないようにするためだった。

そして、その混乱を抑えるために指示を出す者を見つけ出す作戦だ。

「いけ！」

最初の松明が灯されたのを合図に、俺は配下に命令を下した。霧豹、魔術師長が一気に降下していく。闇夜の空からの奇襲に、盗賊たちはほとんど反応できていない。

唯一気配を察知して動こうとしたのが、標的になっている頭目であった。一瞬、その体を緑色の光が包もうとしたのだが、すぐに拘束されてしまう。霧豹が周囲の盗賊を蹴散らし、魔術師長の肩に乗っていた蔦鼠が頭目を縛り上げていた。その頭目を魔術師長が抱きかかえて再び飛び上がる。

その間、わずか数秒。

「むぐぅー！　ぐむ！」

魔術師長が担いでいる頭目は、凄まじい勢いで暴れていた。気功を使われると、もしかしたら蔦鼠の拘束から脱出されてしまうかもしれない。

「コボルト、黙らせろ」

「オフ！」

「オッフー！」

返事をする声は可愛いのに、やることはハードだ。狙撃弓兵が何発か殴りつけ、相手が怯《ひる》んでいる間に冒険家がロープで手足を縛り上げていく。ペガサスの上でありながら、かなりの手際の良さだった。荒縄で手足を拘束された頭目は、もう抜け出せないことを悟ったのだろう。急激に大人しくなっていた。

だが、作戦成功を喜んでばかりもいられない。

「う、上だ！　何かいるぞ！」

「ハーピーじゃねぇ！」

さすがに俺たちの存在が気付かれた。上を見上げれば、松明の光に照らされて闇の中に浮かび上がる、俺たちの影が見えているはずなのだ。

「このまま留まっていても弓で狙われるだけだし、一発くらわせてから村に戻るぞ」

最後にデカいのをかましてやろう。俺が手に取ったのは、［ファイア・ホイール］のカードだ。非常に強いのだが、樹海などでは使えなかったカードである。

ファイア・ホイール　赤4　UC　スペル
■詠唱、対象のプレイヤーがコントロールする全てのモンスターに2点ダメージを与える。

まず、効果の及ぶ範囲がどれほどのものなのか分からない。

イラストだけ見れば、直径一〇メートル程度の火炎の輪が、人間の軍隊を焼いているような絵柄である。しかし、効果には全てのモンスターと書かれているのだ。もし眼下にいる盗賊全てが効果範囲なのだとすれば、直径一〇〇メートルは必要になるだろう。

対象によって範囲が変わるのか。それとも、イラスト通りなのか。使ってみなくてはそこが分からなかった。もし想像を超える範囲だった場合、仲間を巻き込んだり、周辺に炎が燃え広がって、大火災になる可能性もある。

迂闊《うかつ》に使うことはできなかった。だが、ここなら樹海よりははるかに使いやすい。

草木のほとんどない岩だらけの荒れた山岳地。盗賊たちがかなり山を登ってきていたので、森ともかなり距離がある。周囲に延焼する危険はほぼないだろう。

「よし……。まずはこれだな」

赤スペルのコストを減らしてくれるアイテム、赤の秘石だ。俺は腰の袋から石を取り出すと、使用を念じてみた。すると、赤の秘石から赤い光が発せられ、［ファイア・ホイール］のカードを包み込んだ。確認すると、ファイア・ホイールの必要コストが1減っている。これで、魔力3で使用可能だった。

俺はカードを構え、書かれている呪文を唱える。

「暴れろ暴れろ、赤き車輪。紅の火炎まき散らしながら、回って周《まわ》って暴れ狂え！　［ファイア・ホイール］！」

ッゴオオォォォォオ！

それは呪文の通り、赤い車輪だった。暗闇に突如出現した炎の輪は、神々しく思えるほどに存在感がある。しかし、そんな風に思えたのは最初だけであった。

「ぎぃいやぁぁぁぁぁ！」

「ひぎぃぃぃ！」

「う、うでがぁぁあぁ！」

出現した時点で一〇人以上が焼かれていたが、それで終わるわけがない。

炎でできた直径五メートルほどの輪が、徐々に回転を始め、動き出す。数秒後、火炎の渦がねずみ花火のように暴れ狂っていた。数十人が炎に呑み込まれ、まるで松明か何かのように燃え上がる。密集していたことも不運だったろう。

ボボボボという火炎放射器のような轟音と、盗賊たちの悲鳴が重なり、山岳地帯に響き渡っていた。炎に包まれた盗賊が転げ回る姿は何かに似ている。

ああ、あれだ。焚火《たきび》にくべられて燃やされる、年の終わりの案山子《かかし》だ。とても人とは思えない末路である。

十数秒後。

呪文効果が終わった時、そこには全身を炭化させた人の遺体と、重度の火傷《やけど》に苦しむ生き残りの姿があった。無事な盗賊もいるのだが、余りの惨状を目の当たりにして呆然としているらしい。仲間を助けようと動き出す者はいなかった。

「降りるか……」

「ゴファ！」

「魔術師長？」

降りて現場を確認しようとしたのだが、魔術師長に止められた。危険だからという理由ではなさそうだ。

「もしかして、俺を気遣って……？」

「ゴフ」

現場は、それほど酸鼻《さんび》を極めた状態なのだろう。高空という状況から見下ろすだけでも、残り火に照らされる遺体は直視し難いほど酷い状態であることは分かる。

村の仲間を襲った盗賊を殺したことに、後悔はない。今までだって、盗賊を自らの手で殺したことがある。しかし、火で焼き殺すというのは、それ以上にくるものがあった。あの悲惨な現場を自分が作り出したのだと思うと、陰鬱《いんうつ》な気持ちは抑えられない。

「そうだな……。降りるのはよそう」

「ゴフ」

人の焼けた臭いを嗅ぎたいというわけでもないし、盗賊たちの生き残りももう戦えないだろう。

ここは魔術師長の気遣いに、素直に従っておくことにした。「お、俺が殺したんだ！　うわぁ！」とか、惰弱系主人公をやりたいわけでもないのだ。

「セルエノンのくれた強靭《きょうじん》な心に、マジで感謝だな」

地球にいた頃の俺だったら、こんな現場を見たら絶対に耐えられないと思う。だが、今は少し憂《ゆう》鬱《うつ》になるくらいで済んでいるのだ。

「じゃあ、村に——」

「オフフ」

「どうした探検家？」

背後のコボルトの探検家が、俺の服の裾を引っ張る。そのジェスチャーから考えるに、どうやら森に降りろと言っているらしい。

「わかったよ」

俺はその言葉に従い、ペガサスを森の中に降下させた。

すると、すぐに周囲の茂みがガサガサと揺れる。だが、俺はビビらない。

モンスターたちが警戒していないということは、敵ではないということなのだ。前だったらビクッとなっていたはずだけどね。俺も成長したもんだ。

「灰色狼たちか。よし、どうだ？　怪我はないか？」

「オフ！」

遊撃に派遣していた、灰色狼やバルツビーストたちの姿がある。怪我はないようだ。ただ、その口や体には僅かに返り血が付いており、仕事をきっちりこなしてくれていたのだと分かった。

俺の言いつけをキッチリ守り、野生生物の襲撃に見せかけるように行動してくれていたようだ。

「お前らはこのまま、騎士団の監視に向かってほしい。村以外の方角に向かったら、追跡を頼む」

「オン！」

メイドさんと連携すれば、監視網は完璧だろう。

「俺はまた村に戻る」

捕まえた頭目を尋問しなくてはならない。それにしても、さっきから静かだな。抵抗するどころか、ほとんど身じろぎさえしない。

「ふむ？」

「ひっ！」

俺が軽く頭目に視線をやると、真っ青な顔でビクンと震える。その顔には、明らかな恐怖があった。どうやら、ファイア・ホイールを使って盗賊たちを殲滅《せんめつ》した俺に対し、強い恐れを抱いているらしい。そうだよな、こいつから見たら、俺はかなり凶悪な魔術師だ。

一発の魔術で五〇人近くを焼き殺し、恐ろしい魔獣を何匹も使役している。怖がらない方が変だ。だからこそ、村のありがたさがよく分かった。俺を怖がらず、受け入れてくれたソルベスの村。絶対に守ってみせる。

「魔術師長。盗賊の残党たちがいないか見張りを頼む。あれで全部とは限らないからな」

「ゴファ！」

「お前だけで対処できそうになかったら、戻ってきて知らせてほしい」

「ゴファ」

村への帰還途中、俺はバインダーを確認した。何度か光っていたのだ。

だが、達成された試練を確認しても、俺は素直に喜ぶことができなかった。

スペルカードを二〇枚使用：ポイント1
人を一度の戦闘で大勢殺す：ポイント5、万能魔力5
人を惨《むご》たらしく殺す：ポイント1、万能魔力1
大勢の人を惨たらしく殺す：ポイント2、万能魔力2

試練の内容が酷かった。まじで神々は俺に何をさせたいんだ？　多分、白井が人を拷問して達成した試練がこれらなのだろう。


「……」

「オフ？」

「ああ、いや、なんでもないんだ」

コボルトが心配そうに俺を見上げている。今は下らんことを悩んでいる場合じゃなかったな。そもそも、もう達成してしまったのだ。それをなかったことにはできない。

それに、人を殺せと言われているわけじゃないんだからな。だが、今後俺以外の転生者たちがこれを知ったらどう行動するか……。俺が存在を掴んでいるのは白のカード使いだけだが、他にいないとも限らないだろう。

盗賊団を壊滅させるような方法で試練達成を狙うなら問題ない。むしろ推奨《すいしょう》だ。だが、白井のような奴だったら……。この情報は、広めることは絶対にできんな。

　気分を変えるため、手札を確認だ。[比翼のワイバーン]、[幻影の竜]、[バルツの森の見張役]、[肉体強化の呪印]、[バルツの森《もり》の主《ぬし》]、[大地の魔力]と、なかなかの充実っぷり。しかも、不本意ながら魔力も充実している。

　今ならちょっとした軍隊くらいは怖くないかもしれない。いや、慢心は良くないな。ただ、森にいる騎士団には負けないだろう。バルツの森の主と見張役が揃っていれば、森の中では凄まじい戦力なのである。

　何から使おうかね？

　悩んでいる内に、いつの間にか村へと戻ってきていた。上空から村を見下ろす。すると、門の前に人が集まっていた。敵が迫っているのだから、それも仕方ないんだが……。何故か敵が来る予定の西門ではなく、東門の前にも多くの人間がいるのだ。

　しかも、門の外に誰かいる？　ただ、ここからだとよく分からんな。

　俺は門の前にいる人間から見えないように、少し迂回してから村の中に降り立った。もしそっちにも盗賊が来ているのだとすれば、俺たちの姿はまだ晒さない方がいいからな。

　誰もやってこないのは、やはり門のところで何かトラブルが起きたからだろうか？

　俺はペガサスたちをその場に待機させると、東門へと向かった。すると、そこには自警団や村人たちの姿がある。何があった？

　俺は人垣の後ろにいた自警団の顔見知りに声をかけた。まあ、すでにこの村のほぼ全員と顔見知りだけどね。

「トール殿！　ご無事でしたか！　先程、凄まじい轟音とともに、空が真っ赤に染まるのが見えたのですが……」

「ああ、驚かせちゃったか。俺がちょっと切り札を使ったんだ」

「お、おお。トール殿のお力でしたか」

「この騒ぎ、一体何が――」

俺が何が起きたのか質問をしようとした、その時だった。

「では、この村は我らの要請《ようせい》を断るということだな！」

「犯罪者を匿《かくま》うというのか！」

門の外から、大きな声が聞こえた。いきなり声を張り上げたところを見るに、村の人間に聞こえるように、わざと大きな声を出したっぽいな。

「村の者どもよ！　犯罪者の引き渡しを拒否するというのであれば、この村は我が主と敵対するということだぞ！」

「もう一度よく考えるがいい！　代表者と名乗ったこの男は拒否したが、他の者たちが犯罪者を引き渡せば、不問にしてやってもいいぞ！」

どうやら、この村に逃げ込んだ犯罪者を引き渡せという要求らしい。誰のことだ？

だが、この村はそういう人間たちが流れ着く場所だというし、掟でも仲間を見捨てないとしっかり定められている。引き渡しに同意する者はいないだろう。

ディシャル様が受け入れたってことは、今は真人間になっているはずだ。だとしたら、引き渡すことなんて絶対にしたくない。貴族と敵対することになるかもしれないが……。もし戦うことになるのであれば、俺は全力で戦うぞ。この村の人間を守るためだったらな。

そう思っていたんだが、村人たちの叫びを聞いて驚いてしまった。

「トールさんたちは引き渡さないぞ！」

「そうだそうだ！　俺たちは仲間を絶対に見捨てない！」

「帰れ帰れ！」

え？　俺？　もしかして、犯罪者って俺のことか？　考えてみたら、俺は東のナール国で指名手配されているはずだ。でも、ここまでわざわざ追ってきたのか？

「ど、どういう、ことだ……」

「やあ、トール」

「ディシャル様！　どういうことで……」

「これは、隠せそうもないね……」

ディシャル様が事の次第を簡単に説明してくれた。門の外で大声を張り上げているのは、ナール国のフール伯爵の配下の騎士たちだという。この村の東に領地を持つ貴族であるそうだ。

彼らがやってきた目的は、貴族殺しの犯人である俺やその仲間の引き渡しであったらしい。

「そ、そんな……。お、俺のせいでこの村が！」

「いや、落ち着きなよ。この村じゃ、昔からよくあることさ」

軽い口調で語るディシャル様の言葉に、周囲の村人たちも頷いている。

「そうそう。あまり気にしちゃダメだぜ？」

「ああいうのはたまに来るからな」

「トールさんはもう仲間だからな！　仲間のために戦うのが、この村の誇りだ！」

俺を責める声は一つもない。それどころか、労《いた》わるような言葉ばかりだった。

「それに、ちょっとおかしいんだよ」

「どういう、ことです？」

「昔から、この村は多くの犯罪者を受け入れてきた。でも、当代のフール伯爵がそれを咎めるような行動をしたことはほぼないんだ。伯爵の父親を殺したっていう義賊を匿った時でさえ、やる気のない使者を介した交渉が数度あっただけなんだよ？」

結局、義賊は病で息を引き取るまでこの村で暮らしたという。

「それが、評判の悪い貴族を殺したからといって、あんな高圧的な使者を送る？　違和感しかない。あの騎士たちを覚心眼で観察したけど、どうやら君の身柄は欲しくないみたいだよ？」

「え？　でも、使者が……」

「多分、君たちは口実に使われただけだよ。この村が、一度受け入れた人間を見捨てるはずがない。彼らもそれは理解している。だから、最初からそれは織り込み済みなんだよ。拒否させておいて、それを理由に何か交渉を試みるか、攻め込むための口実にするつもりなんだろう。もし君たちを引き渡そうとしたら、困るのは向こうだろうね」

ディシャル様がそう言って笑う。

「それはそれでちょっと見てみたいかな？　ふふふ。まあ、気に病む必要はないよ？　だから、出ていくだなんて言わないでね？」

「え？　いや、でも……」

ドキッとしてしまった。そのことを本気で考えたからだ。

「君たちがいなくなったって、どうせ違う口実で難癖をつけていたはずさ」

そんな風に言われても、簡単には割り切れない。村を守るなんて誓っておいて、俺のせいで村に迷惑がかかるなんて……。

何が守るだ！

だが、俯《うつむ》いている俺に他の村人たちが再び声をかけてくれる。彼らの立場なら、俺に罵声《ばせい》を投げかけても許される。むしろ、放り出すのが当たり前だろう。

しかし、彼らは明るい口調で、口々に慰めの言葉を口にした。

「心配するなよトールさん。あんな奴ら、俺らが追い返してやるから！」

「もうトールさんは仲間なんだから、守るのは当たり前だろ！」

「ははははは！　トールさんは強いんだから、いざという時に守られるのはお前じゃないか？」

「トロールの時は本当に助かったんだ！　あの恩を返すチャンスさね！」

不安がないはずないのに……。俺を落ち着かせようとしてくれているのが分かった。

「俺……」

「トール。謝らないでくれよ？　これが、この村の流儀なんだ。誰も、恩に着てほしいとか、謝ってほしいなんて思ってない。ただ、自分たちの誇りと、仲間のために、曲げられないものがある。それだけさ」

「……」

なんと言っていいか分からない。しかし、俺は決意を新たにしていた。

「……ありがとう。俺も、全力で戦うよ」

「それは助かるな。君の力は凄いから。頼りにさせてもらうよ？」

「ああ、任せてくれ」

絶対に、この村の人たちを守ってみせる。どんなことをしてでも。

「さて、一度戻るとしよう」

「はい」

俺は戦果を報告しつつ、ディシャル様たちと一緒に、庵小屋へと戻る。

「ふむ。それにしても、これではっきりしたね」

「え？　何がですか？」

小屋まで戻る道中。ずっと何かを考え込んでいたディシャル様が、小さく呟いた。

「この村の何かに、貴族に狙われるほどの価値があるってことさ。今まではこの村を無視していたフィーナン伯爵、フール伯爵。両者が同時期に動き出した。偶然だと思うかい？」

「それは、確かに……」

「裏で繋がっているのか、いないのか……。これはいよいよ、本当に私の存在が露見したかな……？」

その可能性は、なくはないと思う。伝説の種族であるというダークエルフには、いくらでも利用価値はありそうだ。

ディシャル様がどこか悲しげに微笑む。ディシャル様が何を考えているのか、俺にはピンときてしまった。先程の自分と同じことを考えているのだろう。

しかし、俺が何かを言う前に、カグートが口を開いていた。

「村を出ていくなどとは、絶対に言わないでくださいよ？」

「……カグート」

「さっきはトール殿に、色々と仰《おっしゃ》ってましたよね？　仲間を見捨てないことが、この村の流儀、でしたっけ？　自分たちの誇りと、仲間のために、曲げられないものがあるとも言ってましたなぁ？」

「……でもね……」

カグートに続き、村長も声を上げる。

「その言葉、我々も同意しますぞ。誇りにかけて、村の仲間は見捨てない。当然ですな。ディシャル様にとって、我らは頼りない子供のように見えることは承知しています。ですが、我らは守られるだけの存在ではない。必ずディシャル様をお守りいたします。だから、我らを信頼してください」

「……ふふ。まさか、君たちに諭《さと》されるとは」

「も、申し訳ありませぬ」

「ふふふ。この村の一員であることが誇らしいよ。みんな、迷惑をかけるかもしれないけど、よろしくね？」

「は！　お任せください！」

ディシャル様が後ろめたさなど微塵《みじん》も感じさせない満面の笑みで、村長やカグートたちに頭を下げた。

ちょっとうらやましい。俺はまだ、自分のせいでという想いが残ってしまう。

ディシャル様の姿は、この村の人間を完璧に信頼し、信頼されているからこその姿だ。迷惑をかけても許してもらえる。その信頼があるからこそ、あんな風に笑えるのだろう。いや、それも当然だ。年季が違うのだからな。俺も、いつかあんな風に笑い合えるように、頑張ろう。

そんな風に考えていたら、ワフたちがやってきた。

「主！　お帰りなさいませ！　戦果はいかがでしたか？」

「ワフ。お前、完全に戦う気だな」

顔が完全に臨戦態勢だ。この戦《いくさ》好き幼女め！

「無論ですぞ！　悪人は、ワフがこの大剣でバッサバッサとなで斬りにしてやりましょうぞ！」

ワフが電撃の大剣を取り出して、振り上げる。

「あーあー、わざわざ剣を抜かなくていいから！」

「ワッフー！」

「危ないって！」

電撃の大剣を与えられたのがよほど嬉しいのか、ことあるごとに振り回すんだよな。ただ、電撃の大剣は取り出すのがなかなかに面倒だ。

拡張袋を鞘代わりに使っているんだが、ワフの手の長さではここから自力で大剣を引き抜くことができない。どうしても途中で引っかかってしまうのだ。

そこで、まずは拡張袋を小さく畳むために結ばれた紐をほどき、その後は剣の柄を握って思い切りぶん回し、袋を遠心力で飛ばして剣を抜くのである。

剣を拡張袋に納める時も、普通の方法ではない。地面に落ちている袋に、大剣を切先からツッコむのだ。その後は剣で袋を持ち上げれば、袋が剣を呑み込みながら滑り落ちてくるというわけである。刃が全部仕舞えた時点で袋を縛り、小さく畳んで腰に吊るすのだ。

毎回飽きずにこれをやらないといけないのに、ワフは毎度剣を抜きたがる。やり慣れ過ぎて、最近は抜刀納刀《ばっとうのうとう》が異様に速くなっていた。まあ、普段から訓練していると思えばいいか。

「トール、何やら悩んでいる顔だが？」

「ゼド爺さん……。そんなに分かりやすい顔してるか？」

「うむ。大方、引き渡しの話を聞いたのだろう？」

「ああ、知ってたか」

「自警団の者が、追い返したと報告してくれたからな。だが、あまり気に病むなよ？　あれは、お前の身柄が目的ではない」

「それもディシャル様から聞いたよ」

でも、なかなか割り切れるものじゃないのだ。この気持ちは、どうしても残るだろう。

「若い内は、悩むものだ。いくらでも悩め。それに、『あー、なんだー、自分のせいじゃなかったのかー』などと言って安心するような人間、信用ならんからな」

「今の、俺の真似かよ？」

「似ておっただろう？」

「似てないわ！　なんだよ今の軽薄そうな男は」

「ふはは。それはすまんな。だが、悩むのはいいが、悩みに振り回されてはいかんぞ？　やるべきことをやれなくなるのも、逆に自棄になって暴走するのも、周囲に迷惑がかかるのだからな？」

「ありがとう。心に留めておく」

カウンセリングというか、悩み相談みたいになってしまった。ちょっと恥ずかしいな。

そんな話をしながら歩いていると、あっという間にディシャル様の小屋の前に辿り着く。コボルトたちがちゃんと頭目を見張ってくれているな。

「トールよ。その男は？」

「こいつは、盗賊どもの頭目だと思う」

「何？　本当か！」

「ああ」

そして俺は、出撃してからのことを簡単に報告した。騎士団が間違いなく森を進んでいたこと。盗賊は半数以上を仕留めたこと。そして、その頭目らしき男を捕らえたこと。

「早速尋問をしよう！」

「ああ、分かった」

頭目はカグートたちが驚くほどに従順だった。こちらの言うことに、黙々と従う。いちいち俺に怯えながら。尋問も、驚くほどにあっさり終わってしまった。完全に心が折れているせいで、全ての質問に素直に答えたのだ。

その結果、フィーナン伯爵がやろうとしていることが判明した。

「盗賊に襲われている村を救援して恩を売る、か」

「古典的だが、嫌らしい手ではある」

騎士団が現れたら盗賊は逃げる予定であったらしい。その後騎士団は、村に恩を売りつつ、休息のために村に入れろと要求することになっているそうだ。

どうやらフィーナン伯爵側は、ジョナサンが生きて村に辿り着いたとは思っていないらしい。だからこそ、こんな茶番が通用すると思っているのだろう。

ただ、盗賊たちもそこまでのことをする目的までは知らなかった。

「さて、二人の伯爵たちが求めるものは、一体なんなのだろうね……」

「分かりませぬな」

「それよりも、これから来る騎士どもをどうするか話し合わねばなりますまい」

「そうですな。私は、殲滅するべきかと思います。やられっぱなしでは舐められますよ」

カグートは襲って殲滅するべきだと主張したが、ゼド爺さんがそれに反対した。

相手は騎士団である。そこに先制攻撃を加えたとしたら、確実に伯爵家を敵に回すことになるだろう。しかも、大義名分が相手にある形になるのは、非常に厄介だった。

そう。騎士団に攻撃を仕掛ける場合、悪者はこの村になってしまう。ディシャル様の魔眼で盗賊たちの証言が嘘ではないと理解できていても、表向きは伯爵とこの村は敵対していないからだ。

明確な証拠もない。盗賊の証言なんて、どうせ助かるための嘘だと言われても仕方はないだろう。魔眼で判別したと主張するなら、ディシャル様の存在を公に明かす必要がある。それは絶対にできないことだった。

自警団の男たちや村長が議論を交わす。

「盗賊の頭目を連れていって、お前らの悪事は全部ばれていると伝えたら？」

「それこそ、完全に敵対することになるぞ？」

「もう向こうはこっちに色々と仕掛けてきているのだし、この際仕方ないのでは？」

「だが、伯爵家の全戦力で攻められては、勝つことなど……」

「それができるなら最初からやっているのではないか？　ここは二ヶ国の緩衝《かんしょう》地帯だ。ここに大規模な戦力を向かわせれば隣国を刺激することになる」

「だからと言って――」

「しかし――」

だが、やはり結論は出なかった。ディシャル様はそれを見守っている。

相談役だと言っていたし、全部を彼女が決めてしまうわけではないのだろう。村人が意見を交わす姿を、柔らかい表情で見つめている。

俺の隣でもゼド爺さんとカグートが議論していた。

「では、騎士団を受け入れると言うのかの？」

「別に、村に入れなければいいだろう！」

「たとえ戦闘が行われなかったとしても、行軍の疲れを癒やしたいだのなんだのと言って、村に入り込もうとするだろうさ」

「それを断ればいい」

「無理に追い返すことは可能だろうが、それをしては確実に敵対することになるぞ。相手はこの村を悪者に仕立て上げて、適当な理由で侵攻を開始するかもしれん」

「大義名分を与えるということかよ……」

「うむ」

その後も意見が交わされ、結局一つの問題にぶち当たった。どんな対応をしたところで、敵対せずに追い返せる可能性がほぼないのだ。

これまでの情報をまとめると、フィーナン伯爵がこの村の何かを狙っていることは確か。だが、隣国との関係を刺激する恐れがあるため、大義名分もない状態で村を正面から武力で攻めることはできない。

そこでフィーナン伯爵は、あの手この手でこの村に騎士団を送り込もうとしていた。盗賊に偽装させた傭兵団に村を襲わせ、そこを救うというマッチポンプの演出などだ。

多分、騎士の武力で実効支配を目論んでいると思われる。

だが、作戦が連続で失敗し続ければ、相手もしびれを切らすだろう。その際に取る手段として最も有力なのが、この村を悪役に仕立て上げて、侵攻するための大義名分を作り出すことだった。

もう一人、この村を狙っていると思われるフール伯爵が、わざわざ俺の引き渡しを要求したのも、あえてそれを断らせて大義名分を手に入れるためだろう。

フール伯爵と敵対する可能性が濃厚である以上、フィーナン伯爵とも敵対する愚は犯せない。しかし、今こちらに向かっている騎士団が問題だった。攻撃すれば、大義名分が相手に与えられる。

攻撃せずにいたら、騎士団がこの村までやってきてしまう。村の前までやってくれば、ゼド爺さんが懸念するように一晩の宿を借りたいだの、行軍の疲れを癒やしたいだのと言って、村に入り込もうとするだろう。

断れば、折角盗賊を討伐《とうばつ》に来てやった騎士団を蔑《ないがし》ろにしたとか言われて、この村が悪者にされる。

村に招き入れて殲滅するという意見も出たが、魔術での連絡手段が存在する可能性がある以上、それも危険だった。

結局、騎士がこの村に到着する前に、何かトラブルでも起きて撤退、もしくは全滅してくれる以外、フィーナン伯爵と敵対しないで済む道がなかった。

普通なら、そんな奇跡起こるはずがない。

そう、普通ならな。


一〇分後。俺は再び出撃しようとしていた。ディシャル様がわざわざ広場まで出てきて、見送りをしてくれている。

「すまないトール。君にばかり頼ることになってしまって……」

「いや、俺から言い出したんです。気にしないでください」

そう。俺ならこの村を救うことができた。まあ、一時的にだが。

やることは非常に単純だ。魔獣を喚び出し、騎士団がこの村に到達する前に殲滅する。

名付けて「ああ、最近はこの辺にも樹海から凶悪な魔獣が流れてきてるんですよね。トロールとか。騎士団の方々が襲われてしまうだなんて、ご愁傷様です作戦」だ。

普段なら、かなり難易度が高い作戦だろう。騎士の中には腕の立つ者が交ざっているはずなのだ。

しかし、今の俺の手札はご都合主義かと思うほどに強い。これなら、騎士団とも戦うことができるだろう。

だからこそ俺は一人での再出撃を志願していた。ディシャル様や村長は、俺ばかりを働かせることになると申し訳なさそうだったが、村を守るにはその手しかないとも理解したのだろう。

逆に「よろしくお願いします」と言って頭を下げてくれた。

「この村がなくなると、俺も困るんで。人見知りの俺が、普通に話せるのなんて、この村の人たちだけですから」

「……無茶はするなよ？」

「大丈夫ですよ」

大勢に見送られながら、俺は再びこの村の広場から飛び立つ。

「主！　ご武運を！」

「トールさん、頑張ってくださいね！」

必死に手を振って見送ってくれているワフとエミルに手を振り返し、俺はペガサスに命令を下した。

「全速力で行くんだ。ここからは時間との勝負になる。奴らが森にいる間に仕掛けたい」

「ヒヒィィン！」

「いけ！」

ペガサスは大きく嘶《いなな》くと、力強く羽ばたく。そして、全速力で山岳地帯を下り、森林地帯の上空へと戻ってきていた。

先程、騎士団を見かけた場所へと向かう。

その道中、コボルトの狙撃弓兵が大きく遠吠えを放った。騎士団を見張っているモンスターたちへの合図である。騎士たちに聞かれたとしても、森の獣の咆哮にしか聞こえないだろう。

それから数分もせず、ポルターガイストメイドが戻ってきた。

「騎士団の場所は捕捉できているな？」

「ウア」

「よし、さすがだ。今はどの辺にいる？」

「ウアー」

メイドさんが少し離れた場所を指さす。一見、ただの森だ。上空にいる俺たちからは木々が邪魔して見えないが、騎士団がそこの下にいるということなのだろう。

「さっきよりも、村に近づいているな」

やはり移動しているらしい。休憩中なら、包囲して一網打尽《いちもうだじん》にしやすかったんだが。

「騎士団の正確な人数は分かるか？」

「ウア」

メイドさんが首振りと指で、数を伝えてくれる。どうやら騎士が一八人。従者や荷運びが二五人ほどいるらしい。

気功や魔術が使えるかどうかまでは分からないそうだ。だが、年配の指揮官がいるようなので、そいつはある程度の実力があると考えた方が良さそうだった。

「よし、まずは少し離れた場所に降りよう。あそこ、少し森が切れてる。ペガサス、降下してくれ」

「ヒン」

騎士団から二〇〇メートルほど離れた場所に降り立つ。すると、自然とモンスターたちが集結してきた。

「よし。この戦力に、さらに援軍が加われば行けるぞ」

俺は襲撃のための準備に取りかかる。まずは、このカードだ。

「黒魔力1を使い、［大地の魔力］を使用する」

このカードのいいところは、どの色の魔力でも使用可能なところだろう。

「これで万能魔力が10、緑が2、黒1。今ならどんなカードでも使えるな」

そして、俺は満を持して手札にある最強のカード、「バルツの森の主」を手に取った。

「召喚！　「バルツの森の主」！」

「ガルル……」

「や、やっぱりカッコイイな！」

久しぶりに見るバルツの森の主は、俺でさえ少しビビるほどに、圧倒的な存在感を放っていた。

闇夜の森に佇《たたず》む巨大な獣というのは、何もしてなくても絵になるね。

三メートルを超える体高に、巨大な角と、全身から生える鋭い棘《とげ》。二本の尾と金の瞳が、そこに神秘性を加えている。

バルツの森の主　モンスター：獣
緑6　4／4　R
■瞬発
このモンスターが場にいる限り、貴方が支配する他の「バルツ」と名前が付く獣モンスターは＋1／＋1強化される。


そして、その能力の恩恵に与《あずか》れるカードも、俺の手札にはあった。

「よし、お次はこいつらだ！　召喚、「バルツの森の見張役」！」

「ガルオォ！」

「ガオォン！」

2／2のバルツビーストが二匹、魔法陣から飛び出してくる。だがバルツの森の主の効果によって、今は3／3が二体であった。

確かに普段のバルツビーストよりも、体格がいい。筋肉が増し、牙や角が太くなっているようだ。さらに、その体には僅かに緑色の光を纏っている。気功による強化が発動しているのだろう。

魔力3で3／3が二体って、破格過ぎるな。

「で、ドローしたのがこいつらか」

[ツリーアーマー]、[夜告《よつ》げの梟《ふくろう》]、[群狼《ぐんろう》]が手札に加わっている。[群狼]は、魔力がたくさんある時だったら使用候補に入っていたんだがな……。万能魔力が3しか残っておらず、ここで使うには少々勿体ないだろう。今使うなら、[夜告げの梟]の方がいい。

夜告げの梟　モンスター：魔鳥
黒2　1／1　C
■飛行、擬態

余っている黒魔力を使えるうえ、飛行能力もある。それに、梟であれば当然夜でも活動できるだろう。俺はこいつも喚び出しておくことにした。

「召喚！　[夜告げの梟]！」

「ホーホゥ」

「おお、デッカイな」

「ホー」

目の前に現れたのは、漆黒の羽を持った、体長一メートルほどの梟である。翼を広げれば相当大きいだろう。しかし、さすが梟。地面から近くの木の枝に飛び移る時、全く羽音がしなかった。隠密性も高いらしい。

現在、俺が連れている戦力はこんな感じだ。


ポルターガイストメイド、伝令のペガサス、コボルトの探検家、コボルトの狙撃弓兵、霧豹、黒煙火山の魔術師長、蔦鼠、バルツの森の主、バルツの森の見張役×2、バルツビースト、灰色狼×2、夜告げの梟。


「主力はバルツビーストたちだ。お前たちは、騎士をひたすら狩ってくれ」

「ガオ」

「他のモンスターたちは、包囲を維持しつつ、逃げ出す相手を狩っていく。今回は誰も逃せない。重要な役目だぞ」

そうして、俺はモンスターたちに役目を与えていった。

バルツビーストが指揮官などの騎士たちを狙う。コボルトや灰色狼たちは、周囲の人間を削りつつ、包囲。こんな感じの作戦にした。

ここまでは、森林にいてもおかしくはないモンスターたちが担当である。バルツビーストも非常に珍しいだろうが、魔獣がいる世界であれば、絶対にいないとも限らない。

だが、ポルターガイストメイド、伝令のペガサス、黒煙火山の魔術師長はそうもいかなかった。どちらも目立つし、明らかに樹海でフラフラしている魔獣ではない。召喚士の影がちらつくだろう。魔術か何かでその存在を報告されてしまうと、村に疑いが向くかもしれない。

そこで、この三体は俺と一緒に予備戦力として待機させることにした。役目は、相手に想定以上の強者がいた場合の介入と、逃走した人間の処理である。

最悪の事態に備えて［肉体強化の呪印］を準備しつつ、俺は号令を下した。

「よし、作戦開始だ！」

モンスターたちが一斉に森に散っていく。

俺もペガサスに跨ると、再び夜空に飛び出した。戦況の確認と、いざという時にフォローするためだ。空から見ていると、騎士たちが周囲を囲みつつあるモンスターに気付く様子はなかった。

行軍中の騎士たちは松明を灯してはいるが、森を覆う深い闇を見通すことはできない。むしろ、僅かな火によって人間の存在をアピールし、魔獣や動物が近づかないようにしているらしかった。

樹海のような魔獣の密度が高い場所ならともかく、魔獣の少ないこういった場所では有効な手段なのだろう。熊除《よ》けの鈴と同じだ。

警戒していないわけではないだろう。しかし、自分たちが現在進行形で凶悪な魔獣の群れに狙われているなど、さすがに想像することはできないらしい。変わらぬ様子で、森の中を進んでいる。

そんな騎士団を殲滅するべく、モンスターたちが動き出す。

最初に攻撃を仕掛けるのは、夜告げの梟だ。その隠密性を生かして、上空から一気に騎士の一人に飛びかかった。隊列のほぼ中央にいて、気を抜いてしまっていた騎士だ。

「ぎゃあああぁ！　目が！　目がぁ！」

鋭い爪が兜の隙間から内部に入り込み、目をやられたらしい。夜の静寂に、まるで某大佐のような絶叫が響き渡った。

騎士たちの意識が襲撃者に向く。それは隊列の内側だ。全員が、自分たちの陣形の中央に現れた巨大な梟に注目してしまっていた。つまり、周囲への警戒が、疎《おろそ》かになっているということだ。

そんな風に背を向けた騎士たちに向かって、モンスターたちが一斉に飛び出す。

「な！　ま、魔獣だっ！」

「む、群れてやがるぞ！」

「ぐあああ！」

上空から見守る俺たちからは、全体は見えない。木々の隙間から、騎士たちの姿が僅かに見えるだけだ。だが、それでも騎士団が大混乱に陥るのが分かる。

奇襲は大成功し、狙われた騎士たちがあっという間に倒されていった。

「くそっ！　火だ！　もっと火を灯せ！　松明をっ！」

「なんでこんな凶悪な魔獣が……！　この森で群れるような魔獣、コボルトか山犬くらいだったはずだろう！」

「おい！　一度集まれ！」

その後も終始モンスターが圧倒し、戦闘は終盤に向かっていく。やはり、闇の中では獣が有利なのだろう。モンスターたちは視覚でも嗅覚でも、相手の位置を把握できるのに対して、騎士たちが使えるのは僅かな火のみなのだ。

守っていても、じり貧。魔獣を追った仲間は闇の向こうから帰ってこない。

そんな状況で、士気が高く保てるわけもなく、全員の上げる声も散漫になってきた。俺から見ても、勝敗はすでに決している。

だが、諦めない人間もいた。

「くそ！　私が道を切り拓《ひら》く！　お前たちは援護しろ！」

そう叫んだのは、指揮官の男性であるようだ。俺たちの場所から姿は見えなかったのだが、すぐに居場所が分かる。その全身が、濃密な緑のオーラに包まれたのだ。

木々の隙間から漏れる緑の光は、空からでもバッチリ確認することができた。そこに指揮官がいることは間違いない。

夜だからよりハッキリ見えるということもあるだろうが、明らかに出会った頃のゼド爺さんよりも気功の色が濃密だった。少なくとも、当時のゼド爺さんと同等以上の使い手であるということだろう。彼がその気になれば、こちらのモンスターを数体くらいは道連れにできるかもしれない。

だが、そうはならなかった。

「ガアアアア！」

「ぎがぁっ！　ば、かな……！」

本気を出したバルツの森の主の動きに付いていけなかったのである。バルツの森の主はあえて速度を抑え、自らを巨大ではあるが鈍重であると見せかけていたのだ。

そんな相手が、急に数倍速で動き、木々を使って立体的な軌道で襲いかかってきたら？

対処は不可能であった。

頭上から降ってきたバルツの森の主の爪にかけられ、頭部が砕け散ったようだ。

いやー、バルツの森の主が木々を蹴って、俺たちの近くまで飛び上がってきた時には驚いたね。

結局、二〇分ほどで騎士団は全滅し、こちらの被害はゼロだった。全員が怪我をしているが、致命傷には程遠い。

戦いを挑んだ場所と時間が良かったのだろう。こちらが圧倒的に有利な状況だった。

「さて、死体はこのまま放置するぞ」

鎧や剣などは戦利品として持ち帰りたいところではあるが、それをやっては人間の関与を疑われてしまうだろう。

この騎士団は、樹海から流れてきた謎の魔獣に襲われ、全滅した。そう思わせなくてはならないのだ。

「これで、しばらくは時間が稼げるだろう。みんな、よくやってくれたな」

「ガオ」

「獣組は、このまま森に身を潜めてくれ」

「ガオッ」

このまま村に連れて帰るよりも、遊撃部隊として隠れてもらっておく方がいざという時に頼れる。

「人間が相手だったら、戦わなくていいぞ。むしろ、極力戦闘は避けてくれ」

「ガオ」

モンスターたちの存在――特にバルツの森の主のことは敵に対して秘匿《ひとく》したいからな。

「ただ、その前に傷を癒やしておかないと。みんな、こっちに一列に並べー」

一人で出撃させる代わりにと、ディシャル様たちはポーションを大量に持たせてくれた。頑張って戦ってくれたモンスターたちに使っても、文句を言う人たちではないだろう。

俺はそれぞれの傷に応じて、ポーションを振りかけていった。あとは、火の始末なども行う。さすがに森林火災は怖いのだ。そうして事後処理を行った俺は、再び空に舞い上がった。

眼下には、騎士たちの亡骸《なきがら》が折り重なるように倒れているのが見える。

「本当は何人か捕まえて尋問したかったけど、万が一にも俺のことを報告されるわけにはいかないからな……」

実際、そんなことができるかどうかは分からない。ただ、俺自身がセルエノンから特殊な力を与えられているせいで、魔法で何ができても不思議ではないように思えるのだ。

ディシャル様などに聞いても、可能性はゼロではないという。少なくともダークエルフの魔眼の中には、録音録画したものを他人に送信するような能力を備えた魔眼もあったらしい。

だったら、魔法で同じことができるかもしれない。そう考えて、今回は殲滅で良しとしておくべきだろう。

「行くぞ」

「ヒヒン！」

ペガサスが軽く嘶いて、村に向かって駆け出す。しかし、俺はすぐにその歩を緩めさせていた。

「あそこ、何かがいるな……。人か……？」

村に続く山道に、何かの影があったのだ。最初は動物かと思ったのだが、動きが明らかに二足歩行だ。まあ、こっちの世界には人以外にも二足歩行の生物はいるのだが……。

「メイドさん、偵察を頼む」

「ウア！」

キビキビとした仕草で一礼したメイドさんが、早速謎の影に向かって降下していく。だが、もう少しで人影の真後ろというところで、メイドさんの動きが変化してしまった。

なんと、隠密を解除して、影の真ん前に躍り出たのだ。何がどうした？　相手がゴブリンやコボルトなどの雑魚だったとしても、奇襲した方が楽に仕留められると思うのだが……。

驚いた影が足を止める。そのままメイドさんと影が何やら話し始めた。いや、メイドさんは言葉を発せないから、会話とは言えないだろう。

しかし、確実になんらかのコミュニケーションをとっていた。

十秒後、メイドさんが俺たちの元に戻ってくる。眼下の影が、こちらを見上げた。

今は雲が途切れ、月明かりが周囲を照らしている。明らかに俺に気付かれただろう。

「ウアー」

だが、メイドさんはそれを気にした様子もなく、ニコニコと笑いながら俺を手招きした。どうやら降りろと言っているらしい。完全に無警戒だ。

「もしかして、知り合いか？」

「ウア！」

そのままメイドさんと一緒に地上に降りると、待っていたのは確かに見覚えのある男であった。

「ライト！」

「お、トールさんか！」

俺よりもさらに若い、青年と呼んでもいい年齢の赤毛の男だ。名前はライト。自警団でも特に人懐っこく、俺にも積極的に話しかけてくれたのでよく覚えている。

「そういえば、ここ数日見なかったな」

「へへ。実は色々あって村の外に出てたんだよ。それで、ちょっと知らせなきゃいけない情報があってさ。急いで戻ってきたんだ」

ここで、その情報を教えてほしいとは言わない。急いで戻ってきたということは、それなりに重要な情報なんだろう。

まずは村長かディシャル様、カグートあたりに知らせるべきだし、ライトも教えてはくれないだろうからな。

「だったら、乗れ。早く村に戻った方がいいんだろ？」

「いいんですか？」

「ああ。コボルトたちは、徒歩で村に戻れ」

「オフ！」

俺はコボルトたちを降ろして、ライトをペガサスに乗せることにした。普通に山道を歩いて登れば、一時間はかかる。だが、ペガサスならものの一〇分ほどなのだ。

「じゃあ、失礼します！」

ライトはすでにペガサスに乗ったことがある。村人たちに溶け込むために、遊覧飛行的なものを何度か行ったことがあるのだ。ただ、今が夜だというのを忘れていた。

　ペガサスが飛び立ってすぐ。

「ひ、ひぃぃっ！　こ、怖っ！　めちゃくちゃ怖いですよぉ！」

「ちょっ！　しがみ付くなって！」

「だってぇ！」

　昼と夜とでは、飛行時の恐怖が全く違うらしかった。そういえば、俺も最初は怖かったんだよね。自分が慣れてしまったせいで、ライトがどう感じるか想像できていなかった。

「蔦鼠！　ライトが落ちないように気を付けていてくれ！」

「チュー！」

　騒ぐライトを縛りつけつつ、俺たちはなんとか村へと辿り着く。

「おお、トールさん！　無事だったか！」

「それにライトも？」

　カグートと村長に、ライトを拾った時のことを語る。それと、その代わりに置いてきたコボルトたちについても。

「俺のコボルトたちが戻ってきたら、村に入れてやってほしい」

「勿論だ。周知しておく」

「それよりも、ライトの報告が気になる。ディシャル様のところに急ぎましょう」

　村長が、未だにグロッキー状態のライトを無理やり立たせようとするんだが、腰が抜けて立てないらしい。少しかわいそうなことしたかもしれない。

だが、カグートは容赦《ようしゃ》しなかった。小柄なライトを肩に担いで、そのまま運び始めたのだ。

「ちょ、カグートさん！　恥ずかしいですって！」

「歩けないのであれば仕方ないだろう。何か重要な報告があるんだろう？」

「そ、そりゃそうなんですが……」

「なら仕方ない」

「うう……」

ライトが観念した様子で黙り込んだ。自身の羞恥心《しゅうちしん》よりも、報告の方が重要だと判断したのだろう。これは、本当に緊急性の高い情報を持ち帰ったのかもしれないな。

そして、三〇分後。

ライトの報告を聞き終えたディシャル様が、難しい顔で腕を組んだ。

「では、フィーナン伯爵がこの村にこだわる理由は、ナール国にあると？」

「どうもそのようです」

ライトは、トーロ国のフィーナン伯爵領に潜入している、村の諜報《ちょうほう》係と繋ぎを取っていたらしい。

そこで、色々と情報を仕入れてきたようだった。

フィーナン伯爵がソルベス村に騎士を送り込もうとした理由は、隣国のナール国にあるらしい。

なんらかの理由でナール国のフール伯爵がソルベスの村に目を付け、それを知ったフィーナン伯爵が妨害目的で先にソルベスを手に入れようとした。

それが、今回両伯爵が同時に動いた理由であるようだ。

下らない政争なのだが、巻き込まれる方はたまったものではない。それに、フール伯爵がソルべスを手に入れようとしている理由も分からなかった。理由がハッキリしなければ、今後も狙われ続けるだろう。なんとかして、フール伯爵の行動の理由を知りたい。

「エドワードがいつ戻ってくるか、だね」

「そうでございますな」

エドワードは、フール伯爵領で情報収集をしている青年なのだそうだ。フール伯爵領で最も大きい領都フーラで、冒険者として活動しているという。

俺たちは、ワフを捕らえた男爵の本拠地であったゼニディアの町しか知らないが、領都の方がゼニディアよりもかなり大きいそうだ。しかも、この村に近いらしい。

そもそも、ゼニディアはゼニドー男爵の拠点で、領都フーラはフール伯爵の拠点である。上位者で経済力もある伯爵の居住地であるフーラの方が、ゼニディアよりも栄えているのは当然だろう。

イメージ的には、男爵が町長や村長。伯爵は県知事みたいなものだ。ゼニドー男爵も、フール伯爵配下の貴族の一人でしかない。

そう思うと、凄く強大な敵に思えてきた。いや、あの時は特務騎士がいたせいで激戦になったが、本来のゼニドーの配下だけだったら、もっと簡単に勝てていたのか？

まあ、油断してはいけない相手だということは分かった。

「エドワードを迎えに行った方がいいかね？」

「そうでございますな」

俺が迎えに行ってもいいかと思ったが、顔が分からないんだよな。俺たちが谷を塞ぐトロールを排除した直後には、領都フーラに向けて出発してしまったらしいのだ。

そのせいで、話したこともなければ顔も知らない。

そのエドワード青年の仕事は、情報収集と伝達だ。フール伯爵領で大きな事件が起こったり、村に影響を及ぼしそうな情報を得た場合に、村へと戻ってくるらしい。

「今回の情報を掴んでいれば、そろそろ戻ってきてもおかしくはないのだが……」

その時だった。

「あ、いや。大丈夫だ。迎えに行く必要はなさそうだよ」

「戻ってきましたかな？」

「ああ」

ディシャル様が、不意に視線を上げた。当然ながら、そこには天井しかない。だが、彼女にはしっかり見えているのだろう。村長も心得たもので、すぐにディシャル様の言葉の意味を察したようだ。何人かの自警団員に、エドワードを迎えに行くように指示する。

精霊がエドワードの帰還を教えてくれたんだろう。

少し待っていると、自警団員たちが見知らぬ青年を連れて戻ってくる。

「ディシャル様、ただいま戻りました」

「お帰りエドワード」

やはり、この金髪の青年がエドワードか。美形というわけでもないが、不細工でもなく、どこにでもいそうな顔だ。こういう顔の方が、町に溶け込んで活動しやすいんだろう。

「あー、初めまして、かな？」

「そうですね。お話しするのは初めてです」

俺はエドワードと軽く挨拶を交わす。向こうは俺の顔を知っていたらしいが、挨拶をしたことはなかったようだ。良かった、これで実は軽く話したことがあるとかだったら、メチャクチャ失礼だった。ともかく、俺がここにいることを不審には思われていないようだ。

そして、エドワードの報告が始まる。

「フール伯爵領で、塩の流通が減っています」

「塩かい？」

「はい。南部との関係が悪化した関係で、海塩の輸出を制限されてしまったようで」

フール伯爵の所属するナール国で海があるのは南部だけなので、塩のほとんどが南部で作られる海塩に頼っているそうだ。

「だが、塩は生活必需品だろ？　確か国内では一定以上の塩を流通させるような法律があったはずだが？」

「それがですね……」

元々仲が悪かったナール国の南部と北部であるが、ここ数年でさらにその関係が悪化しているらしい。それでも、さすがに塩を止めるほどの破綻《はたん》は訪れていなかったのだが……。

経済的に追い詰められた北部の領主の一部が、手勢を使って南部の商隊を襲ってしまったのだという。

結果、両者の間で諍《いさか》いが発生し、その対立は南北全体を巻き込んだ。

一部の馬鹿な北部領主が、資金援助しなければ攻めると言い出し、負けず劣らず馬鹿な南部領主の数名が、謝罪して領主を交代させない限り塩を止めると宣言してしまった。貴族は面子を守るためにはなんでもする生き物だ。前言を軽々しく撤回もできず、結局塩の流通が滞ることとなってしまったのである。

「そこで、フール伯爵が思い出したのが――」

「我らがソルベスというわけだね」

「はい」

「どういうことですか？」

「ああ、トールにはまだ見せたことがなかったね」

実は、ソルベスの村の近くには岩塩の採れる場所があるそうだ。採掘量は多くないものの、味は非常に良く、隣国では高級品として出回っている。

今まではそれでなんの問題もなかった。隣接しているトーロ国もナール国も、海に面しているからだ。塩の供給は十分で、ちっぽけな岩塩の生産地など気にも留められなかった。

「でも、フール伯爵は僅かでも塩が欲しい、というわけだ」

「つまり、塩の流通がマシになるまで、フール伯爵はこの村を狙ってくる？」

「ついでに、その邪魔をしたいフィーナン伯爵も、諦めはしないだろうね」

「塩不足は、すぐには解消しないと思われます」

「そうかい……」

エドワードの報告が終わった室内には、重苦しい雰囲気が漂っている。

何せ、この村が目を付けられた理由が塩不足だ。それが解消されるまではフール伯爵は諦めないだろうし、いつ塩不足が解消されるかも分からない。

この村の塩を提供したらダメなのか？　そう思ったのだが、国の流通を賄《まかな》えるほどの採掘量も埋蔵量もないそうだ。そもそも、ソルベスは外部から塩を購入している。そうしなければ、あっという間に岩塩を掘り尽くしてしまうからだった。埋蔵量がそれくらい少ないのだ。

しかも、脅しに屈して塩を融通したとなれば、今後は両国から従属したとみなされかねない。

「塩の流通さえ元通りになれば、交渉できるかもしれないんだが……」

フール伯爵はどちらかと言えば事なかれ主義なので、戦争と交渉なら後者を選ぶはずだという。

「正直、ナール国はかなり混乱しており、流通が正常に戻るのはいつになるかは……。現在の国王の力も弱く、貴族たちがかなり好き勝手しているようです」

塩か……。塩がなきゃ人は生きていけない。これは簡単には解決しないだろう。

「うん？　塩？」

あれ？　俺たち、樹海で岩塩を発見したことあったよな？

「ゼド爺さん。樹海のあの洞窟……。あそこって、まだ掘れそうだったか？」

「トールもあそこを思い出したか？」

「ああ、俺たちの分を確保しても、まだ埋まってそうだったよな？」

実は以前、樹海で岩塩の掘れる洞窟を発見したことがあった。結構な量の岩塩が掘れたはずだ。

俺自身は岩塩の掘削《くっさく》にはほとんど手を貸していなかったので、直《じか》に確認したゼド爺さんに尋ねる。

「専門家ではない故、詳しくは分からん。だが、まだ相当掘れたと思うぞ？」

「だよな？　あれ、使えないかな？」

村を狙っている伯爵にあの洞窟の場所を教えて、村に手出しをしないように交渉するとか？　いや、樹海の中の洞窟じゃ、まともに掘り返すのは難しいかもしれない。

もしくはあそこから大量の岩塩を掘り出して、それをフール伯爵とやらに回してやるとかでもいいかもしれなかった。まあ、相手の出方次第だけど。

とりあえず、俺たちが以前に見つけた、岩塩が採掘できる洞窟の話をディシャル様に伝えてみた。

「なるほど、樹海の中にそんな場所があるのか」

「ええ、あそこを交渉に使えないですかね？」

「……いいのかい？」

「え？　何がです？」

「岩塩が採掘できる場所なんて、今の情勢じゃ相当な価値がある。それこそ、この情報をフール伯爵側に売れればかなり儲けることができるだろう」

「あー、確かにそうかもしれないですね」

「正直、村にはそこまでの対価を払うことはできないが……」

この岩塩洞窟は俺たちしか知らない以上、ある意味で俺たちの個人財産的な扱いなわけだ。国の管轄下にない、樹海の中の洞窟なわけだしな。

それを村に差し出すとなれば、村はその対価を支払う必要があるということだった。

俺がゼド爺さんに視線を向けると、優しい顔で頷いてくれる。俺と同じ気持ちだから、好きにしろと言いたいのだろう。

「対価はいりません」

俺やゼド爺さんに、この洞窟の情報を売るようなつもりは欠片《かけら》もなかった。

「気にするなって言ってくれたけど、やっぱり少し責任は感じてますし……」

「儂らのような素性の者たちを受け入れてくれたこの村には、恩義も感じております。それに、村がなくなって困るのは儂らも同じこと。こんな時にやれ対価だ、やれ報酬だと、下らんことは言いませぬよ」

エミルやワフも、きっと分かってくれるだろう。むしろ金を支払ってもらうために交渉するなんて言ったら、愛想を尽かされてしまうかもしれない。

「俺たちも、村の一員ですから。ディシャル様が迎え入れてくれたんですよ？」

「そうだった……。君たちを村の仲間に迎えたのは、私が相談役になってから一番のお手柄かもねぇ。分かったよ。じゃあ、その洞窟の場所を教えてもらえるかい？」

「分かりました」

俺たちは地図を見ながら、詳しい場所を教える。

改めて地図で場所を指し示すと、自警団の男たちから呻き声が上がった。

「さすがトールさんだ。こんな樹海の深部でも活動できるなんて」

「お前、行けるか？」

「行けと言われたら、行くさ」

考えてみたら、樹海は魔境扱いなのだった。そこにある洞窟なんて、気軽に行ける場所ではないだろう。

採掘なんかも、俺たちが向かう必要があるかもしれない。少なくとも、試掘の護衛はする必要があるだろう。

　そして、地図から顔を上げたディシャル様が妙に楽し気に口を開いた。

「ふむ……。トール、ここに案内してもらうことは可能かな？」

「え？　ディシャル様をですか？」

「そうだ」

「いや、でも、村から出ていいんですか？」

「今回は、それが必要だからね」

　この村の岩塩の埋蔵量を調べたのはディシャル様であるらしい。精霊眼で大地の精霊と交信し、教えてもらったそうだ。

　俺たちが情報提供した洞窟についても、ディシャル様しか詳細を調べられる者はいないということだった。

「なに、数日村を空けるだけさ。それに、私はこれでもそれなりに強いんだ。トールたちの足手まといにはならんよ」

　足手まといというか、俺たちの方が足を引っ張りそうだ。何せ、伝説の種族である。

　だが、伯爵と交渉をするにも洞窟の詳しい情報は確かに必要だろう。場所ももっと正確に把握しておきたいし、埋蔵量もキッチリ調べておく方がいい。

　つまり、危険さえ考えなければ、ディシャル様を洞窟に連れていく方がいいということになる。

　俺は村長とカグートを見つめた。彼らが反対するのであれば、俺もディシャル様を説得するつもりだったのだが――。

　どちらも諦めた表情であった。

「いいんですか?」

「言い出したら、引かぬお方ですからの」

「ディシャル様が必要だと仰られるのであれば、必要なことなのだろう」

この二人が反対しないのであれば、俺も反対する理由はない。

「……分かりました。案内します」

第五章

「……同行者はどうしますか？」

ディシャル様を洞窟まで案内するとして、さすがに彼女だけというわけにはいかないだろう。それとも、ディシャル様だけをペガサスに乗せて、パパッと行ってくるか？　それでも、この山岳地帯はハーピーのせいで夜間にしか飛べないし、洞窟までは数日かかるはずだ。

「ふむ……。私、トール、ゼドは確定かな？　君の仲間はどうするかい？」

「ワフは連れていきたいですね」

あれで生活力はあるし、何かと頼りになるのだ。

それに、俺以外の命令を聞くかどうか分からんから、目の届かない場所に置いていくのは色々と怖かった。何を仕出かすか分からないのである。

「エミルも連れていきたいのう。まだ修行の途中だからな」

「そうだな。エミルも最近はメキメキ強くなってきたし、いてくれたら安心だな」

「うむ」

ゼド爺さんとワフを連れていって、エミルだけ仲間外れにしたら怒るだろうしな。

「あとモンスターたちをどうするかですね」

「あまり大勢だと目立つし、少数精鋭がいいかな。自警団の人間も最低限にするし」

「そうですか……」

となると、あまりたくさんは連れていけないだろう。

「とりあえず、今日は解散しよう。明日、日の出と共に出立する。各々、準備を頼むよ」

「分かりました」

旅の準備もそうだが、連れていくモンスターを決めないといけない。

森の中での行動が得意なコボルトの狙撃弓兵、探検家。どんな状況にも対応可能な虎人の大剣士。

移動の足である伝令のペガサス。偵察要員としても活躍する蔦鼠。夜でも活動可能な夜告げの梟。

それくらいか？

ペガサスは派手で目立つが、いざという時逃げるためにはぜひ連れていきたかった。ポルターガイストメイドの偵察能力は、今の村にこそ必要だろう。

頼もしさで言えば岩甲殻の大犀も候補に入るが、ペガサス以上に目立つから難しそうだ。

他には、生命循環の蛇も少し迷った。だが、回復能力は村に残していきたい。俺たちにはワフとコボルトの薬師特製のポーションがあるしね。

ああ、鬼人の浪人も連れていっても良かったが、彼には兵士と一緒に村の防衛を頼んでおいた。兜を被っていればほとんど人間に見えるから、敵に見られても問題ないのだ。

「では、ワフは荷造りをしますぞ！」

「私も手伝うわ」

「儂は武具の手入れだ」

俺たちは家に戻ると、早速準備を始めることにした。とはいえ、ほとんどはワフとエミルに任せっきりだが。俺の仕事は、モンスターたちへの今後の指示出しなどが主である。

「いいか。村長の言うことをよく聞いて、村を守るんだ。いいな？　それと、トビアたちの指示にも耳を貸すように」

　俺がいない間の、命令系統をしっかりとさせておかねばならないだろう。

「モンスターたちのリーダーは、黒煙火山の魔術師長。サブリーダーはコボルトの薬師だ。お前たちの判断で、他のモンスターたちに命令を出していい」

「ゴファ！」

「オフフ！」

　この二体は、モンスターたちの中でも特に冷静で、頭脳労働が得意なタイプだ。任せておけば問題なくモンスターたちを運用してくれるだろう。

　村長でもいいんだけど、モンスターの能力を全て把握しているわけではない。いざという時には、黒煙火山の魔術師長が指示を出す方が早いだろう。

「いざとなったら、バルツの森の主たちも呼び戻すんだぞ？」

　俺の指示出しが一段落したのを見計らったのか、トビアたちがやってきた。

「トール殿、聞きました」

「トビア、後は頼んだぞ？」

「任せてください。我らもこの村の一員になったからには、力の限り励みます」

「俺のモンスターたちには、お前の言うことを聞くように言ってある。いざという時には、盾にして逃げろ」

「死んでも、カードに戻るだけという話ですよね？　分かっています」

「ならいい」

「……」

トビアとシェイドは素直に頷くが、マリティアだけは複雑そうな顔をしている。

彼女は俺のモンスターたちとも仲良くなっているので、盾にするという話が納得しきれていないのだろう。

「マリティア。躊躇するなよ？」

「……はい」

心配だが、いざという時にはトビアたちが彼女を守るだろう。まあ、残していくモンスターたちには、彼女を最優先で保護するように伝えておくか。

そして翌朝。俺たちは準備を終えて門の前に集合していた。村人たちが総出で見送ってくれる。まあ、ディシャル様が心配なのだろう。

俺たちが家に戻った後も、自警団から誰が付いていくかで盛大に揉めたらしい。結局ほぼ全員が立候補したため、カグートが指名して決めたそうだ。

自分がお供したかったのに、選ぶ側に回ってしまったせいで付いていけなくなったと、カグート自身が愚痴っていた。

「トール殿、ゼド殿、ディシャル様をお願いいたしますぞ」

「はい。全力を尽くします」

「覚えている限り、ディシャル様が村から出るのは数十年ぶりのことなのです……」

村長が心配そうな顔で、俺たちに念押しする。彼らにとっては守護者であるはずのディシャル様だが、やはり不安は拭えないらしい。

そんな村長たちの心配を余所に、ディシャル様が足取りも軽くやってくる。

「トール、おはよう」

「おはようございます」

「それじゃあ、早速出発しようか！」

久しぶりの遠出に、ワクワクしているのだろう。こんなに楽し気なディシャル様、初めて見たかもしれないな。

だが、村を出発して数時間後。

「……すまないねトール」

ディシャル様はすまなそうな顔で、俺に頭を下げていた。

俺は「それは言わないお約束でしょおっかさん」と言いたくなるのを我慢して、ディシャル様を宥める。

「こういう時のためにペガサスを連れてきてますから」

以前トロールが塞いでいた谷を無事に通り抜け、俺たちは森の中を歩いていた。

洞窟までのルートは、一直線に進む最短ルートではなく、少し大回りで進むことになっている。

以前に俺たちが村に来るために使った樹海踏破ルートは、自警団の男たちでは少々厳しいと判断したためだ。ディシャル様の安全にも関わるしな。

そこで、一度南下して森林地帯を進み、ある程度進んだところで北上して樹海に突入するという予定になっていた。ほんの少しでも樹海を歩く距離を減らそうというのだろう。

実際、森林地帯ではほとんど魔獣に出会わなかった。

それでも数度魔獣に遭遇したが、どれも雑魚ばかりだ。虎人の大剣士とゼド爺さんによって、瞬殺されている。

だが、旅路が全て順調とは言い難かった。ディシャル様が、早々にバテてしまったのだ。

ディシャル様は運動神経もいいし、近接戦闘技能も高い。種族的に気配に敏感らしく、索敵なども可能だ。

そこに二種類の魔眼と熟練の魔術まで加わるのだから、ハイスペック過ぎるだろう。

ただし、体力が絶望的になかった。最初は種族的な問題なのかと思っていた。日中、ダークエルフは弱体化してしまうらしいし、その細い体にスタミナがありそうには見えなかったのだ。

しかし、そうではなかったらしい。

「最近、動いてないから、体力が……」

単に鍛錬不足なせいであった。

戦闘スキルやサバイバル知識などの、何百年も修練を重ねた末に身に付けた技術は多少のブランクでは錆《さ》び付かない。いや、錆び付いていても、そこらの騎士や雑魚魔獣程度には後《おく》れを取らないほどに高レベルなのだろう。

休憩の最中に軽く模擬戦を見せてもらったのだが、自警団の人間やエミルたちが一対一で戦っても全く相手にならないくらいには強かった。

魔術の知識も、記憶喪失にでもならなければ急に失われることはないだろう。

魔眼もそうだ。なんらかの理由で失明するような事態にでも陥らない限り、鍛錬などせずとも問題はなかったらしい。

だが、体力だけはそうもいかない。訓練を怠れば怠るほど、衰えていく。

長年にわたって洞窟に隠れ住み、満足な鍛錬を行えなかったディシャル様は、他の能力に比べて体力だけが異常に低下してしまっていた。それこそ、ハイキングくらいの移動で息が上がってしまうほどに。

ありがたかったのは、自分からペガサスに乗ると言い出してくれたことだろう。意地を張って体力を使い切られたりしたら、護衛する方だって困るのだ。

むしろ、自力で身を護る力を残す努力をしてくれる方が助かる。ディシャル様もそれが分かっているから、下らないプライドに拘ることもなく、素直に自分でペガサスへの騎乗を提案してくれたのだろう。

結局その日、ディシャル様にはペガサスに乗ったままでいてもらい、俺たちはなんとか予定の場所にまで辿り着いていた。

そこは、目的地である洞窟の真南の場所だ。まだ森林地帯だが、一キロほども歩けばもうそこは樹海である。

明日はこのまま一気に北上して昼前には洞窟に辿り着く予定である。

残してきた拠点やミノタウロスたちの状況を確認したいところなんだが、今は時間が惜しい。残念だが、洞窟を調査したらすぐに戻ることになるだろう。

「ふむ……？」

そうして森の中で野営の準備を進めていると、索敵を担当していたディシャル様が何やら首を傾げた。

「どうしました？」

「いや、何かがこちらに来るのだが……」

「敵ですか？」

「それが、いまいち分からんのだ」

俺の問いかけに返すディシャル様の顔には、困惑の表情が浮かんでいる。どうやら、敵か味方か判別できないらしい。

「……人ですか？　魔獣ですか？」

「人、ではないな。魔獣だろう。だが、人型に近いようだ。精霊は、見たことがないらしい」

「コボルトではなく？」

「うーむ……。それとも違うらしい」

魔眼を使って探ってくれたようだが、やはり接近してくる相手の正体は掴めないようだ。

「そもそも、コボルトやゴブリンであれば、悪意や敵意が感じられるはずなんだ」

「つまり、こっちに敵意を抱いていないってことですか？」

「ああ」

「俺たちに気付いていないんじゃ？　偶然こちらに向かって歩いているだけで」

「いや、一直線にこっちを目指している。それは考えられない」

つまり、人型の魔獣が真っすぐこっちに近づいてきている。明らかに俺たちに気付いているのに、敵意は感じられない。そういうことらしい。確かに、どう反応していいか分からないな。

「ゼド爺さん、どうする？」

「下手に近づくのは下策だ。迎え撃つぞ」

「了解」

最悪を想定して、敵として対処を考えているらしい。

「みんな！　ディシャル様を中心に固まれ！」

「はい！」

「分かりました！」

自警団の男たちも、ゼド爺さんの言葉に従って集まってくる。

さて、現れるのは一体どんな相手なのか？

そんなことを考える俺の目の前で、茂みがガサガサと揺れた。

「来るぞ」

「ああ」

ゼド爺さんも、剣を構える。

そして、繁みの奥から、見覚えのある姿の魔獣が、ヒョッコリと顔を覗かせた。

「ブモ？」

「え？　ミノタウロス？」

「ブモー！」

俺の呟きが聞こえたのか、牛頭人身の魔獣が嬉しそうに鳴き声を上げる。

そう。それは紛れもなく、俺が拠点に残してきた配下のミノタウロス・ワーカーであった。

「ミノタウロス殿！　どうしてこんなところにいるのでありますか？」

「ブモー」

未だにディシャル様たちが警戒している中、ワフがミノタウロス・ワーカーに近づいていった。

「ト、トール、あれは君が喚び出した魔獣なのかい？」

「ええ、そうですよ」

「村では見たことがなかったけど……」

「樹海で仕事をさせていたので。でも、紛れもなく、俺の配下のモンスターですよ」

「そ、そうなのか……」

ディシャル様含めて村の人間にとって、ミノタウロスはそれなりに異様な姿に見えるらしい。コボルトなどと違って胴体はマッチョな人間だし、体も大きいからだろう。それに、厳《いか》つい斧を担いだその姿は、どう見ても人食いの化け物だ。本当は草食で気の良い奴らなんだけどね。

見た目ではそれが分からないディシャル様たちは、未だにちょっとどよめいている。

だが、この場にいるのはミノタウロス・ワーカーだけではない。

「ガオ？」

「おお、バルツビースト殿も！」

ミノタウロスから少し遅れて、バルツビーストが現れた。彼らは村でも召喚していたので、ディシャル様たちも見たことがあるはずだ。

夜の闇の中で見るバルツビーストは迫力満点で、自警団の男たちはやはりどよめいていたが。

「ひさしぶりだな」

「ガオー」

近寄ってきたので頭を撫でてやると、気持ち良さげに目を細めて喉を鳴らす。人懐こい猫のような姿を見て、ようやく緊張がほぐれたらしい。ディシャル様たちが構えていた武器を下ろした。

「どうしてここが分かったんだ？」

「ガオッ！」

俺の言葉に、バルツビーストが得意げな表情をした。さらに、ツンと差し出した自らの鼻を、アピールするようにヒクヒクと動かす。

どうやらバルツビーストが匂いで俺たちの接近を感知し、様子を見に来たという感じらしい。

「ガオオォ！」

「ブモー！」

バルツビーストが軽く吠えると、遠くから別のミノタウロスの声がした。もう一体、近くまで来ているらしい。ちゃんと俺の言いつけを守り、スリーマンセルで行動しているのだろう。

しばらく待っていると、大きな猪を担いだミノタウロスが現れた。

「ブモ！」

ミノタウロスが、その猪を俺の前に置いて下がる。

「これ、もしかして俺たちに？」

「ブモー」

「はは、助かるよ。サンキューな」

俺に褒められると、ミノタウロスが嬉しそうに頭を掻いた。やっぱり可愛いよね。

「解体は儂らに任せてくれ」

「やっておきますから」

「じゃあ、頼むよ」

お言葉に甘えて、猪の処理や食事の準備はゼド爺さんやエミルたちに任せることにする。

その間に、俺たちは、ミノタウロスたちから事情聴取だ。

「俺たちが旅立った後、侵入者はいたか？」

「ブモ」

「なんと！　大丈夫だったのですか、ミノタウロス殿！」

「ブモモ！」

「おおー、頼もしいですな！」

俺とワフで近況を聞いてみる。色々なことを身振り手振りと鳴き声で教えてくれた。

一度だけ騎士たちの侵入があったらしい。しかし、砦まで到達されることはなく、撃退することができたようだ。

他には、特に異変はないという。砦の周りに畑を造って、もうすぐ収穫までできるそうだ。なんか、樹海の生活を楽しんでるっぽい。まあ、問題がないならそれでいい。

「砦以外の場所も平気か？　暗黒精霊の鎮め祠とか、大精霊の座とか」

「ブモ！」

そっちもちゃんと見回りをしてくれているようだ。

ただ、俺たちの会話にディシャル様が反応を見せていた。

「大精霊の座？」

「え、ええ」

まあ、ディシャル様には教えても構わないだろう。俺は、大精霊が宿る、古木のことをディシャル様に話して聞かせた。

「大精霊フォルタル＝クルア様だって……。この樹海に、大精霊様がおわすとは」

精霊眼を持っているし、ダークエルフでもある。精霊に対して、特別な思い入れがあるのだろう。

一部では信仰対象となっていると聞いていたが、ディシャル様は正に大精霊を崇《あが》めているタイプであるようだった。

「樹海のどこにいらっしゃるんだ？」

「え？　ああ、かなり北の方になるけど……」

「どれくらい？」

メチャクチャ真剣な声だ。

「これから行く洞窟の何倍も遠い。ここからまた数日がかりになると思いますよ」

「そうか……」

俺の言葉に、ディシャル様が心底残念そうな顔で俯いてしまう。どうやら大精霊に会いに行きたかったらしい。

「さすがに時間がありませんよ？」

「ああ、分かっているよ。一日くらい足を延ばせばいいならともかく、数日は今の我々には貴重だからね」

大精霊のカードを引いていれば召喚も可能なんだが、残念ながらいつになるかは分からないしな。

「全部解決して時間ができたら案内しますよ」

「本当だね？　きっとだよ？」

「え、ええ。勿論です」

怖いほど真っすぐに見つめられた。これ、約束を破ったらどうなっちゃうんだろう……。

その後は、ミノタウロスたちからさらに詳しい近況を聞きつつ、その場で野営を行う。

岩塩の採れる洞窟もキッチリ巡回の範囲に入れてくれているようで、ミノタウロスが案内してくれることになった。

明日はいよいよ、樹海突入である。俺たちは戻ってきた感覚だが、やはり村の男たちは緊張しているらしい。今からどこか不安げだった。


そして翌日。俺たちは日の出とともに野営地を出発する。

案内役のミノタウロスたちを先頭に、いよいよ樹海に突入だ。

「工作屋《こうさくや》は、ディシャル様の護衛を頼む」

「キャン！」

俺は昨晩召喚したばかりの、コボルトの工作屋に声をかける。ツナギを着たポメラニアンタイプの小型コボルトなんだが、妙にオッサンぽい仕草をするのだ。職人風の内面であるということなんだろう。可愛らしいポメの顔で、お尻をボリボリと掻かないでほしい。

コボルトの工作屋　モンスター：魔獣
黒2　1／1　UC
■毎日、対象のオブジェクト・モンスターを一つ指定し、ダメージを1点回復。

消えてしまう黒魔力が勿体なかったというのと、ミノタウロス・ワーカーの斧の整備ができないかと考えたのだ。するとその狙いは的中した。

能力的にはオブジェクト・モンスターのダメージ回復だが、細かい工作や鍛冶《かじ》作業は普通にこなすことができたのだ。これなら他にも色々と役立ってくれそうである。ワフの助手にいいかもしれないな。

工作屋のドローは［蔦鼠］だったので、即召喚しておいた。その際のドローは［ダークアイズ］である。黒のカード使い白井から奪った、空飛ぶ目玉のモンスターだ。

こいつは、今は召喚しないつもりである。見た目のせいで目立つのは勿論、戦闘力もそこまで高くはなく、樹海の戦闘で死んでしまう可能性があった。偵察能力に優れているため、切り札として温存する方が効果的だろう。

飛行戦力であれば、夜告げの梟がいるのだ。

それに、護衛も十分間に合っている。樹海を進むにつれて何度か魔獣に遭遇したが、ゼド爺さんに虎人の大剣士、ミノタウロス・ワーカーだけで十分だった。

そもそもまともな戦闘にならず、魔獣が逃げていってしまうけどね。

そうして樹海を北上した俺たちは、午前中には目的地に到着できていた。

「ここが、岩塩洞窟かい？」

「はい。そうです。とはいえ、俺たちにはどれくらい岩塩が埋まっているのかは分からないですが」

「ま、それは私に任せておきなよ。早速調査に入らせてもらうから」

ディシャル様や自警団の男たちがここの調査を行う間、俺たちは洞窟周辺の調査を行うことになる。危険な魔獣の巣がないかなどを調べないといけないのだ。

「大剣士とペガサスを見張りとしてここに残していきますので」

「ああ、よろしく頼むよ」

それから一時間後。周囲に獣の咆哮が響き渡った。一緒にいたバルツビーストが反応する。だが、鳴き声の主は敵ではないようだ。バルツビーストが全く警戒していない。

「ガオ」

「もしかして大剣士が呼んでるか？」

「ガオン」

バルツビーストの先導で洞窟まで戻ってみると、ディシャル様たちが外で俺たちを待っていた。

ディシャル様は、こっちを見つけると楽しげな様子で手を振ってくれる。

「ディシャル様。その様子だと、上手くいったんですか？」

「ああ。素晴らしいよここは。精霊に聞いたら、かなりの埋蔵量がある。これなら十分交渉に使えるだろうね」

「それは良かったです」

すでに試掘も行い、品質の良さも確認したそうだ。もしかしたら樹海の地下には、意外と多くの岩塩が埋まっているのかもしれない。

本当に偶然だったが、ここを発見できていたのはラッキーだった。

「ここの岩塩が出回れば、ナール国北部の人たちが困ることもないだろう。貴族同士の下らない権力争いで誰が一番困るかって言ったら、罪のない人々だからね」

どうやら村を救うということだけではなく、塩不足で困る人を減らしたいという想いもあったらしい。ダークエルフは国が滅ぼされる前は権力階級だったというし、そういった視点を持っているのかもしれなかった。

「それじゃあ、早速村に戻りますか？」

「いや、その前に行きたい場所がある」

「行きたい場所、ですか？」

ディシャル様はこの周辺を詳しく知らないはずだよな？　もしかして、大精霊の座に行きたいのか？　やはり我慢できなくなったのかもしれない。

そんな失礼なことを考えてしまったが、違っていた。精霊に関する場所であるということは同じだったのだが。

「この辺りで、闇の精霊に関係する場所はないかな？」

「え？　分かるんですか？」

「ああ、かなり弱っているみたいだね」

間違いなく、暗黒精霊の鎮め祠のことだろう。俺はその場所について、軽くディシャル様に説明をした。

「……その場所に、連れて行ってもらうことはできないかい？」

「まあ、できなくはないですが……」

大精霊の座と違って、無理すれば今日中には往復できる距離である。

だが、案内する前に確認しておかねばならないことがあった。

「何をするつもりですか？」

あそこは、俺の支配する土地だ。貴重な黒魔力を生み出してくれる場所である。下手なことをされると、その支配権が失われるかもしれなかった。

「どうやら精霊が弱っているようだから、なんとか救ってやれないかと思って」

「弱ってる、ですか？」

「ああ。封印されているせいで、力が失われつつあるんだろうね。このままだと一年も経たずに、消滅してしまうかもしれない」

「ええ？」

それって、まずいんじゃないか？

もし精霊が力を失ったら、土地から力が失われるかもしれない。それに、精霊が消滅するって聞かされたらな～。本当にそうなったら、罪悪感がハンパない。

「実は――」

俺は鎮め祠について簡単に説明をした。精霊がいるかどうかは分からないが、その土地から俺が魔力を得ていること。その力が失われれば、俺も困るし、村のために戦う力も失われるかもしれないということ。

「なるほど……。だが、君から力を奪うことにはならないと思うよ？」

「そうなんですか？」

「ああ。絶対とは言い切れないけど……」

精霊というのは、ある程度の強さになると、存在するのに依代《よりしろ》が必要となるらしい。空気中の魔力を吸うだけでは、存在を維持できなくなるからだ。

そして精霊を封印するということは、その依代ごと結界で隔離するということである。封印を解いたとしても、依代ごとどこかに行ってしまうということはほぼない。ほとんどの場合、依代は巨大な自然物であるからだ。大精霊の宿る巨木や、岩猪の宿る一枚岩がそうだし、他には泉や川、大型生物の化石である場合などもあるらしい。

「見てみないと分からないけど、多分その洞窟そのものか、中にある岩などが依代になっているんじゃないかな？　つまり――」

「つまり？」

「闇の精霊を解放しても、どこかに行ってしまったりはしない。むしろ、力が強くなる可能性すらあるね」

「なるほど……」

まあ、精霊を消滅させてしまうのは後味が悪い、とりあえず案内だけでもしてみるか。

俺たちは岩塩洞窟から、暗黒精霊の鎮め祠がある洞窟へと向かうことにした。

そして、あと少しで到着というところで、ディシャル様が呟いた。

「近い」

「え？」

「もしかして、件《くだん》の洞窟はこの辺にあるんじゃないかい？」

「分かるんですか？」

「闇の精霊の魔力が見えてきた」

ディシャル様がそう呟きながら、樹海の繁みを見つめる。

もう少しと言っても、洞窟まではまだ一〇〇メートル以上はあるだろう。当然、深い緑に遮られ、鎮め祠のある洞窟は全く見えていない。しかし、彼女には確信があるようだった。

精霊本体だけではなく、精霊に関することなら魔力なども視えるらしい。だからこそ、遠く離れた岩塩洞窟からでも闇精霊の衰弱を察知できたのだろう。

ディシャル様がペガサスを急《せ》かすように首筋を撫でる。

よほど闇の精霊が気になっているのか、その顔には憂いを帯びた表情を浮かべていた。

そして、さらに洞窟が近づくと、居ても立ってもいられなくなったらしい。ディシャル様はペガサスから飛び降りて、駆け出した。

「ディシャル様！　お待ちください！」

「は、速い！」

「デ、ディシャル様ぁ！」

体力はないが、身体能力は凄まじいダークエルフの全力疾走だ。そりゃあ、自警団の男たちも追いつけないだろう。それは俺も同じだった。

「大剣士！　ゼド爺さん！　頼む！」

「ガオ！」

「うむ！」

まあ、ディシャル様の強さなら大丈夫だとは思うけど、万が一があるからね。

ディシャル様は一切足を止めることなく、洞窟へと駆け込んでいった。

「あった！」

喜びの籠ったディシャル様の声が、洞窟の中から響いてくる。

それに遅れること一分。洞窟に飛び込んだ俺や自警団の面々が見たのは、祭壇の前に跪《ひざまず》き、祈りのようなものを捧げるディシャル様であった。

「——」

両膝をつき、両の手を合わせて目を閉じている。何やら呟いているが、明瞭《めいりょう》に聞き取ることができない。呪文というよりは、祝詞《のりと》って感じかな？　声をかけるかどうか迷うほどに、張り詰めた雰囲気だ。

ディシャル様に付き従っていたゼド爺さんやエミルたちが、その様子を見守っている。

「エミル、何があった？」

「あ、トールさん」

とりあえず、最後尾でディシャル様を見守っていたエミルに、小声で話しかけた。

「私たちにも何がなんだか……」

一切迷うことなく洞窟に突入したディシャル様は、最奥《さいおう》に安置された祠の前でしばらく何もせずにじっとしていたらしい。その直後、こうやって祈り始めてしまったそうだ。

「――――」

これは見守るしかなさそうだな。

そのまま数分が経過しただろうか。ディシャル様の緊張が全員に伝わり、誰も言葉を発せない。無駄口を叩けるような雰囲気ではなかった。

一心不乱に祈り続けるディシャル様からは、侵し難い神聖さのようなものが感じられるのだ。その姿を見てしまうと、僅かでも邪魔してはいけない気にさせられる。

「――……ふぅ」

そして、唐突にディシャル様の口から紡ぎ出されていた祈りがやんだ。

「ディシャルさ――うおおぉぉぉ！」

「きゃっ！」

「な、何か光ってますぞ！」

祠が――というよりは、洞窟全体がまばゆい光を放っていた。閃光が俺たちを包み込む。ほんの数秒であったが、びっくりして叫んでしまうほどの凄まじい光だ。

「な、なんだったんだ……？」

目蓋《まぶた》越しにも感じられた白い閃光が収まったことを確認して、恐る恐る目を開ける。

祠の前にナニかがいた。最初は黒いスライムっぽく見えたが、明らかに違う。ゼラチンっぽさが全くなかった。

そのナニかを構成するのは、もっと深くて暗い闇だ。闇が寄り集まって、そこに浮かんでいる。

「……これが、闇の精霊か？」

「ああ、そうだ。以前、混沌に侵食されて暴走してしまい、人間に封じ込められたらしい」

「え？　それって、封印を解除して大丈夫なんですか？」

「長い間に混沌は消え去り、元に戻っている。大丈夫だ」

「ならいいんですが……。お、俺に近寄ってきてない？」

「どうも、君を主と認めたようだ」

「ディシャル様じゃなくて？」

「君と精霊の間に、不思議な力の繋がりが見える。これにより、この闇の精霊は君に従う存在となっているね」

ディシャル様の言葉を肯定しているのか、闇の精霊がグネグネと蠢《うごめ》いた。そのまま、闇の一部が紐のように伸びて、俺に向かってくる。それは指のようにも見えた。

「え？」

「敵意はない。大丈夫だ。受け入れてやれ」

「わ、分かりました」

俺も軽く指を伸ばし、闇の精霊に差し出した。その指に、闇の精霊がチョンと触れてくる。その瞬間、俺のバインダーが強い光を放った。

ただ、俺にしか見えていないため、周囲の人間は俺が急に驚いたように見えたらしい。首を傾げている。

だが、俺はそれに構わず、バインダーを開いた。そこには、試練達成というわけではないが、カードを入手したという報告が書かれている。

解放《かいほう》された闇《やみ》の精霊《せいれい》・メーメック＝ヌー　精霊
黒6　2／6　★
■闇を操り、闇を支配する。

やはりレアリティ★のカードは、能力がいまいち分からないようだ。ただ、岩猪ガルフ＝ナザと同じように、俺が精霊に認められたということは確かなのだろう。

しかも、この闇の精霊による変化は、これでは終わらなかった。

「土地カードが変化……？　どういうことだ？」

バインダーに表示された土地カードの能力が変化したという一文を読んで、慌ててカードを確認してみる。すると、確かに変化している。

名前はそのままなのだが、絵柄がやや明るいというか、少し綺麗な絵に変わっていた。さらに、生み出される魔力が毎日黒一つだけだったのが、黒1万能魔力1を生み出せるようになったらしい。

「まじか……！」

精霊の力が増したおかげってことだろうな。さらにさらに、俺の保有する魔力が増えていた。精霊が魔力を譲渡してくれたらしい。万能魔力が10になっていたのだ。

「トール、さっきから百面相をしてどうしたんだい？」

「あ、すいません」

やばい、完全にディシャル様たちを忘れていた。

「その、俺の力に関して少々いいことがあったので。精霊に魔力を分けてもらえたみたいです」

「お、それは幸先がいいねぇ」

「はい、ディシャル様のおかげです。ありがとうございました」

「私は単に精霊を助けただけさ」

だとしても、そのおかげで魔力もカードも手に入った。これからの戦略の幅が大いに広がっただろう。ここに戻ってきて良かった。

「それじゃあ、用事も済んだし戻るとしようか」

「そうですね」


翌日。多少遠回りにはなったものの、闇の精霊を救った俺たちは、ソルベスの村に戻るためにルートを引き返していた。

昨日の内に、すでに樹海は抜けている。あと半日もあれば、村に辿り着けるだろう。まあ、夜通し歩くのも難しいので、今日は森林地帯で野営だが。

そうして野営に適した場所を探していると、俺の配下のモンスターたちが何かに反応して動きを止めた。

「ど、どうした？」

「ガオ！」

俺の問いかけに、虎人の大剣士が空を指さして応える。その先を見ると、何かがこちらに向かって飛んでくるのが見えた。

少しずつ大きくなるその飛行体は、明らかにこちらに近づいてくる。だが、敵ではなかった。

「ポルターガイストメイド？」

村に残してきたはずの、ポルターガイストメイドである。彼女が、一直線にこちらに向かってきていた。そして、発見した俺に突進してくる。

「ウアア！」

「ど、どうしたんだ？」

「ウアァァァ……！」

その様子からは、激しい焦りと悲しみが感じられた。

「もしかして、村に何かあったか？」

「ウア……」

狂乱状態のメイドさんはメチャクチャ怖かったが、なんとか落ち着かせて状況を聞き出す。どうやら、村に大規模な襲撃があり、かなり危険な状態であるらしい。

死人は出ていないそうだが、大怪我をした人間が出ているようだ。

メイドさんは俺たちへの伝令として、村から飛んできたのだろう。

「急いで村に戻ろう！」

「そうですね」

厳しい顔のディシャル様の言葉に、俺も頷いた。

ただ、どうやって帰るかが問題だ。樹海を進む？　それとも、急がば回れの言葉通り、樹海を避けて戻るか？　ペガサスで飛んで帰れば速いんだが、全員は運べないだろう。それとも、俺やディシャル様だけで先に戻るか？

ディシャル様に相談すると、少し悩んだ後に自分だけでも先に戻れないかと言い出した。まあ、心配は分かるけど、さすがにディシャル様だけを送り返すわけにもいかない。

やはり、俺とディシャル様がペガサスで帰還するのが……。

「いや、待てよ」

手札を確認して、ペガサス以外にも足があることを思い出した。

「比翼のワイバーンを喚び出せば……」

長いこと、切り札として温存し続けてきたモンスターだ。

比翼のワイバーン　モンスター：亜竜
黄5　3／2　UC
■飛行。フィールドに出た時、3／2飛行のワイバーンを生み出す。

一枚で二体のワイバーンが召喚されるカードである。バルツの森の見張役と同じ能力だ。

今使わず、いつ使うというのか！

「飛行可能なモンスターを召喚します！　こいつらがいれば、モンスターも一緒に運べるはず！」

「本当かい？　それはぜひ頼む！　どれくらいの戦いになっているか分からないけど、戦力が多いに越したことはないからね！」

「はい！　少し下がってください」

そして、俺は［比翼のワイバーン］を召喚した。魔法陣の中から、黄色い鱗を持った巨大な存在が、勢いよく飛び出してくる。その直後、さらにもう一体が同じように召喚されていた。

全長七、八メートルほどの翼竜たちが、俺の前で遠吠えのように声を上げている。

「キュオオオォォン！」

腕と翼が一体化しており、体は飛行するためなのか非常に細い。尾の先がヘラのように広がっているが、飛行に適した形なのかね？　顔もやや細面で、流線型だ。少し蜥蜴《とかげ》っぽいかな？

だが、竜としての迫力が損なわれたわけではない。硬い鱗と、鋭い視線。そして全身から発する威圧感が、この二体が強力な存在であると物語っている。

「す、凄いじゃないか！　まさか亜竜？　こんな魔獣まで使役できるとは……」

「さ、さすがトールさんだぜ！」

「す、すげぇっす！」

ディシャル様だけじゃなくて、他のみんなも色めき立っている。ゼド爺さんやエミルまで驚く側だ。

「トールよ！　これは見事だな！」

「わ、私も驚きましたぁ！」

どうも、竜種というのは俺が思う以上に特別な存在であるらしい。亜竜でも偽竜でも翼竜でも、竜種を使役できるかどうかが一流と二流の差でもあるようだ。

それを二体同時に召喚できる人間など、本当に一握りであるらしい。

「ふっふーん！　主でありますからな！」

自分のことのように胸を張っているワフの頭をグシグシと撫でてやると、俺はワイバーンたちにどの程度の重さなら運べるか、尋ねてみた。

どうやら背中に三人程度であれば、飛行が可能であるらしい。それ以上は、一気に飛行能力が落ちてしまうようだ。重装備の大人なら二人までだろう。

「ペガサスには俺、ディシャル様。ワフ。コボルトの狙撃弓兵。ワイバーンには……」

「儂も行くぞ」

「私もですよ！」

「まあ、そうだな。ゼド爺さんとエミル、あとはコボルトの探検家か」

エミルとコボルトなら一人分に考えていいだろう。残った一匹には、虎人の大剣士とコボルトの工作屋を乗せればいい。こっちも、超重量級の大剣士と、小柄な工作屋でちょうどいいだろう。

「それでは、すぐに移動開始だ！」

「テントなどは全部残していく。みんな、後始末を頼む！」

「はい！　分かってます！　トールさん！　ディシャル様をよろしくお願いしますね！」

「了解！」

自警団員たちは陸路で戻ってもらうことになった。ミノタウロスを案内に付ければ大丈夫だろう。

俺たちは彼らに見送られながら、空へと飛び立つ。

「メイドさん！　案内してくれ！」

「ウア！」

俺たちが戻るまで、無事でいてくれよ！

ポルターガイストメイドを先頭に、俺たちは樹海の上空を進んでいく。最も遅いメイドさんに合わせていても、その速度はかなりのものだ。

そして、ペガサスの背に乗ったまま日を跨ぐ頃、俺たちの視界に村が映る。

普段だったら、この時間にこの距離から、これほどはっきりと村が見えることはないだろう。だが今は、闇夜を煌々《こうこう》と照らす赤い炎が、村をしっかりと浮かび上がらせている。

篝火《かがりび》や松明のおかげではない。村の家や樹木が燃えているのだ。

さらに近づくと、村の状況がよく分かった。

まだ村の中に入り込まれてはいないらしい。門の前に、黒い装備で統一された敵兵が群がっているのが見える。その装備を見るに、正規兵ではないだろう。以前聞いた、盗賊に扮する傭兵団であると思われた。逆月傭兵団だ。

その黒づくめの傭兵団から、村に矢が撃ち込まれている。燃えた家屋は、火矢や魔術によるものだろう。

兵力が違い過ぎる。自警団の人間は五〇人に満たないが、敵兵は二〇〇人以上いる。

このまま戦闘が長引けば、疲労の蓄積で自警団がどんどん不利になっていくだろう。その内、倒れる者も出てくるはずだ。

入り口はまだ破られてはいなくとも、突破されるのは時間の問題と思われた。

上から様子を確認したディシャル様が、動揺したように唸り声を上げる。

「くそっ！　トール！　このまま村の前の奴らに――」

「お待ちくださいディシャル殿！　闇雲に突っ込んでは、我らも危険です！」

「ぐぬ……」

「相手の正体を見極め、撃退する方法を考えねば！　お辛いでしょうが、我慢してください！」

一刻も早く村に駆けつけたいディシャル様が、逸《はや》った様子で口を開いたが、その言葉をゼド爺さんが遮った。そして、厳しい顔で彼女を諭す。

ディシャル様も分かっているのか、軽く深呼吸をして自分を落ち着かせた。

「すま、ない……。動揺していた」

「こちらこそ、申し訳ありませぬ。ですが、まずはどう対処するか作戦を決めましょう」

「……どうすればいいと思う？」

「そうですな……」

ディシャル様も、自分が冷静ではないと理解しているんだろう。ここは素直にゼド爺さんに意見を求めている。

「二手に別れましょう。我らワイバーン組が、村の防衛に回ります。その間に、ディシャル殿とトールで、敵の指揮官を捜してくだされ」

「分かった」

ディシャル様も、本心では防衛に加わりたいはずだ。

だが、自分の能力が索敵に向いていることも分かっている。魔眼の力を使って敵の指揮官などを捜し出した方が、結果的に戦闘が早く終わると理解したんだろう。

それに、ダークエルフであるディシャル様が堂々と前に出るのは、今後のことを考えてもまずい。

逃げた敵が情報を広めてしまえば、多くの不埒者《ふらちもの》をこの村に惹きつけることになるのだ。村の安寧は完全に破壊されるだろう。

「では、我らはこのまま敵陣を攻撃してから村に入る。そっちは頼んだぞ、トール」

「ああ、そっちも気を付けろよ！」

「ワフちゃん！　無茶しちゃだめよ？」

「エミル殿も！」

そして、俺たちは行動を開始した。

俺はペガサスの高度をさらに上昇させる。普通ならもっと敵陣に近づかなくてはならないが、ディシャル様の魔眼があれば、上空からでも敵を観察可能だからだ。

「こうやって見ると、ワイバーンはメッチャ強いよな」

門の前に陣取る敵兵に向かって急降下したワイバーンが、その足で数人を引っ掛けて弾き飛ばすのが見えた。しかも、翼の起こす強風が、敵兵を薙《な》ぎ払う。

その一撃だけで、傭兵の陣形が崩れるのが見えた。しかも、突如現れた凶悪なモンスターを前にして、手練《てだ》れの傭兵ですらどう対応すればいいのか分からないらしい。動きが明らかに鈍っていた。

そこに、自警団の弓が降り注ぐ。

その後、すぐに後退したのはさすがの練度だが、これでしばらく門は死守できるだろう。

「よし！　あとは我らが敵の指揮系統を破壊すればいい！」

「はい。それで、どうですか？　敵の指揮官は見つかりましたか？　できれば、一番最初に最高指揮官を襲撃したいんですが……」

「任せてくれ。今、精霊たちの目を借りて、敵陣を見ている」

ディシャル様が目を閉じて、まるで瞑想《めいそう》するように深い呼吸を繰り返す。信頼してくれているのかもしれないけど、よくバランスの悪い鞍上で目を閉じれるな。しかも、上空を飛ぶペガサスの上なんだぞ？

「ワ、ワフ。ディシャル様を支えててくれ」

「了解でありますぞ！　それにしても、解せませぬな」

「何が？」

「これだけ派手に戦闘しているのに、バルツの森の主殿たちの姿が見えませぬ」

「確かに！」

そういえばそうだ！　村に残した黒煙火山の魔術師長たちには、いざとなったらバルツの森の主たち獣組を呼び戻していいと言ってあったはずだ。

だが、その形跡はない。戦っている様子もないし、倒されて俺の元に戻ってきたこともない。どういうことだ？

俺とワフが首を捻《ひね》っていると、ディシャル様が声を上げた。

「ダメだ。どうやら総指揮官は後方にいるらしい。こっちの部隊は小隊長と呼ばれている人間が指揮している」

「え？　これが全兵力じゃないんですか？」

「ああ、本隊が後方にいるらしい」

「主！　あの篝火の場所では？」

「なるほど、確かに火が見えるな」

距離にして三〇〇メートルほど後方だろう。そこに複数の火柱が見えた。篝火にしては大きいように思えるが、大勢の人間の影が映っている。

戦闘中に体を休めるために、少し離れて陣を張っているのかもしれないな。そうして、昼夜問わず村を攻め続けているのだろう。

「ペガサス！　あっちだ！」

「ヒヒィィン！」

俺たちは、篝火の場所へと向かって急いだ。全力のペガサスは、一分足らずで、大勢の兵士たちの上空へと到達する。

ペガサスの背から見下ろす敵陣では、異様な光景を目にすることができた。

「これは……魔術なのか？」

「あれはバルッツの森の主殿ではありませぬか！　他のバルッツビースト殿たちもおりますぞ！」

「ああ、全員、あの変な光で捕まっちまったらしい」

バルッツの森の主たちが参戦できない理由が分かった。半透明の赤いドームの中に捕らえられていたのだ。バルッツビーストや狼の姿も見えるが、全員がその体の大きさにあったサイズのドームに閉じ込められている。

「ディシャル様。あんなことを魔術で可能ですか？」

「さて……。できる者もいるのかもしれないが、炎の魔術は専門外だからねぇ」

「炎？」

「ああ。あの赤い光からは炎の魔力が感じられるね。薄く伸ばした火なのだろうよ」

炎のドームってことか。しかし、十体近い魔獣たちを、長時間閉じ込め続けるような魔術、普通の人間に可能なのか？　それこそ、特務騎士クラスの大魔術師か、カード使いでもなければ不可能なんじゃ？

最初はそう思ったが、俺はこの世界の魔術については素人だ。俺の目には大魔術に見えていても、実は難しくないのかもしれない。もしくは、複数人の魔術師が協力しているかもしれなかった。

ただ、バルツの森の主が突破できないほどの結界を、あんなにたくさん張ることが本当に難しくないのか？　いや、そうホイホイとは作れないはずだ。というか、そうであってほしい。

何せ、あの炎のドームが魔術的にはさして難しくないとなると、俺の持つカードの優位性が大分下がることになるからな。

「どうするかい？　トール」

「バルツビーストたちは、とりあえずこのままで。先に敵の指揮官を襲撃しましょう」

「いいのかい？　助け出して、戦力を充実させなくて？」

「あれをやった相手の実力が不明です。まだ俺たちの存在がばれていない内に、指揮官だけでも仕留めないと」

「分かった。それで――」

「主！　アレを見てくだされ！」

俺たちが相談している中、ワフが突如声を上げた。

「アレですぞ！　アレ！　何やら不審な物が置いてありますぞ！」

「不審なアレって――ええ？！」

ワフが指さす場所に目を凝らすと、そこには驚きの存在が鎮座していた。燃えるように赤い石で作られた、高さ二メートルほどの石碑《せきひ》である。炎の形を象《かたど》っているのだろう。傭兵たちの間に埋もれて見えていなかったが、俺たちが移動したことで隙間からその姿が見えるようになったのだ。

「なんだろうね？　何か魔術的な道具？」

「強い魔力を感じるのですぞ！」

ディシャル様とワフが赤い石碑を見て首を捻っているが、俺にはそれがなんなのかハッキリと分かっていた。

「火炎王《かえんおう》の結界石《けっかいせき》か！」

「主！　分かるのですか？　もしや、カードの？」

「ああ、間違いない！　赤のレアカードだ！」

火炎王の結界石　赤4XX　R　オブジェクト
■フィールド上の赤以外のモンスターを好きなだけ選ぶ。そのモンスターはXターンの間、行動することができない。Xターン終了時に、選択したモンスター全てにX点ダメージを与え、このカードを破壊する。

魔力を相当使用するが、相手の攻撃を封じることが可能な強力なカードである。
かなり遠目からでも、その特徴的な形は確認することができた。間違いなく、《MMM》のカードだ。

「敵にカード使いがいる！」

「な、なんですとぉ？　つまり、白井のような主の敵ですか？」

「白井のようなクズかどうかは分からない」

だが、敵であることは間違いないだろう。

「ディシャル様！　標的を変更したいんですが！」

「カード使いと言ったね？　つまり、君の同輩ということかな？」

「同じ力を持っていることは確かですね」

「だとしたら確かに、その人間を倒さなくては安心できないな……」

指揮官を倒したところで、カード使いが残っていては意味がない。一発逆転が考えられるのだ。

むしろ、カード使いを倒せば、敵の戦意を挫《くじ》くことができるかもしれない。

「でも、いいのかい？　仲間なのだろう？」

「仲間……ではないです。まあ、広く言えば仲間と言えるのかもしれないですが、今は敵ですから」

敵は倒す。さもなければ大事なものを失うかもしれない。それが、俺がクレナクレムで学んだことだ。

赤のカード使いにどんな事情があるかは分からない。もしかしたらいい奴なのかもしれないし、友達になれるのかもしれない。

だが、そうじゃないかもしれない。同じ世界出身などという薄っぺらい絆に賭けて説得を試みて、失敗したら？　戦場でそんなあやふやな賭けに出ることが許されるほど、ソルベス村の人々の命は軽くなかった。

「倒せる時に倒す。そうでしょう?」

「……そうだね」

そして、俺たちは敵のカード使いを捜し始めたのだが――。

「それらしいのがいないな……」

「精霊も分からないようだ」

「ワフはどうだ?」

「分かりませぬ!」

ワフの野生の勘でも分からないか。だが、傭兵たちを一人一人観察しても、黒髪黒目の人間はいない。

もっと近づくしかないか? そう思ってペガサスの高度を下げ始めた直後であった。

ドオオオオオォォォォォォオン!

「む、村の門が!」

ソルベスの入り口で、巨大な火柱が立ち上るのが見えた。

「くそっ! 入れ違いで村に向かってたか! ペガサス!」

「ヒヒィン!」

第六章

　高さ一〇メートル以上の巨大火柱が上がった村の入り口に急行すると、そこでは信じられないような光景が広がっていた。

　門が爆発によって破壊され、周辺に残骸がまき散らされている。門があった場所には、炭化した瓦礫《がれき》だけが残っていた。

「す、凄まじい……。大魔術師でもそうそうあんな攻撃はできんぞ……」

　ディシャル様が驚きの声を上げる。自身が高位の魔術師である彼女が驚くほどの、とんでもない威力ということなのだろう。

　しかし、俺にディシャル様ほどの驚きはなかった。赤のカードの中ならば、これくらいの威力を秘めているであろうカードにいくつも心当たりがあるからだ。火炎王の結界石を見た時からそうだろうとは思っていたが、やはり赤をメインとしたカード使いであるらしい。

「ああ、なんてことだ……！」

　ディシャル様が悲鳴を上げる。門から少し離れた場所に、人の形をした黒い物が転がっているのだ。門を守っていた自警団の男たちだろう。爆発の威力でここまで吹き飛ばされたのだ。その体は全身が炭化してしまっている。

「それに、もう村に敵兵が……！」

　ディシャル様の言葉通り、村の入り口で敵兵と村人たちの戦いが繰り広げられていた。ワイバーンなどもいるおかげで、未だこちらが有利だ。

しかし、兵力で上回る傭兵勢は、後から後から兵が村へと突入していく。ゼド爺さんやワイバーンたちを迂回しようという動きも、上から見ていると分かった。

まだ突破されていないが、数の差は圧倒的だ。時間の問題だろう――いや、そうでもない？

ゼド爺さんが凄まじく強かった。虎人の大剣士もだ。その両者が無双状態で敵兵を蹴散らしている。ゼド爺さんの一振りで敵兵が数メートル吹き飛び、逆に数人から攻められても全く相手にならない。

まあ、様々なカードで強化を施されたゼド爺さんは、5／5程度の能力はあるはずだからな。しかも今はツリーアーマーの強化能力を発動中なので、6／6だ。特務騎士とガチンコで殴り合える能力である。強化能力を発動中の虎人の大剣士も5／4相当なので、特務騎士並みの戦士が二人もいる計算なのだ。

あのままなら、想定よりも長い時間持ちこたえてくれるだろう。だが、いくら強くても二人で戦場全域はカバーできないし、強化には制限時間もある。やはり急いだ方がいい。

「キュオオオオォォォッ！」

俺たちの眼下では、ワイバーンの一体が青い炎に包まれていた。

「ワイバーン殿！」

「ちっ！　術者はどこだ！」

赤のカード使いの仕業だろう。［青《あお》き火球《かきゅう》］という、そのまんまな名前のスペルカードだ。炎が激しかったせいで、ワイバーンが光となって消滅するシーンは見られていない。多分、灰すら残さず燃え尽きたように見えているだろう。

こっちにも俺が――カード使いがいるとばれる前に向こうの術者をどうにかしないと！　しかし、それが誰か分からない。どうやらカード使いも傭兵と同じ黒づくめの格好をしているらしく、一見してどこにいるか分からない。多くの傭兵が覆面や兜を被っているせいで、判別できないのである。

それでも、俺たちは術者を探して観察を続けた。そして、ある一人に目を付ける。

「あいつだ！　カードを持ってる！」

「どいつでありますか？」

「あの、少し後ろにいる兵士！　横に護衛みたいなのがいる奴だよ！」

村の門を一歩跨いだくらいの位置に、明らかに雰囲気の違う兵士がいた。背も低いし、武器を持っていない。その横には、護衛のように付き従う兵士もいる。最初は指揮官と思ったが、手にカードを持っているのが見えた。あいつがカード使いに間違いない。

「あの男……！」

「どうしましたディシャル様？」

「兵士は殺して、残った村人は奴隷にして売り払うと、笑いながら話している！　それだけじゃない。逆らう奴は、拷問して遊ぶって……」

なるほどね。つまり、白井タイプってことか。俺が遠慮する理由が完全になくなったということだった。

「その、これ以上抵抗が激しいなら、使えない仲間ごと燃やすって……。愚図どもにはいい見せしめになるって……」

クズ野郎だったら、それくらいやりかねない。赤には［ファイア・ホイール］のような広範囲を攻撃する魔法がたくさんあるのだ。

「狙うぞ」

「はいです！」

「だが、どうやって攻撃する？　魔術でも撃つのかな？　それとも、降りて奇襲をかけるかい？」

「そうですね……」

ここからの攻撃か……。無理だな。俺の手札には遠距離攻撃ができるカードはないし、ワフも攻撃魔術は使えない。攻撃手段があるのはコボルトの狙撃弓兵とディシャル様だけだ。

相手がただの盗賊ならそれでもいいが、敵はカード使い。俺と同じようにライフバリアを持っている。一撃で仕留められなければ、攻撃呪文カードでの反撃があるに違いない。

赤はスペルが豊富な色なのだ。

では、一旦降りて、奇襲をかけるか？　それもまた、危険が高い。相手の場所が悪いのだ。左右は村の入り口にある崖で塞がれ、前は乱戦状態。奇襲をするには背後からしかないが、そこには傭兵たちがウジャウジャいる。奇襲する前に発見されるだろう。

「では、どうするんだい？」

「……このまま奇襲を行います」

「このまま……？」

「はい。このままペガサスで急降下して、あのカード使いに攻撃を仕掛けるということです」

前後左右がダメならば、上だ。急降下爆撃ならぬ、急降下奇襲で、あのカード使いを攻撃する。

意味が理解しきれず戸惑うディシャル様に、俺は作戦を説明した。

「――というわけです」

「や、やることは分かった。だが、できるのかい？」

「ライフバリアのある俺ならできます」

「……分かった。信じようじゃないか」

時間もあまりない。ここで問答することの無意味さを理解したのだろう。ディシャル様が、半信半疑ながらも頷いた。

「ワフも、頼むからな？」

「分かっております！」

「よし！　それじゃあ、やるぞ！　ペガサス！　行け！」

「ヒヒヒィィン！」

俺が首筋を軽く叩いてやると、ペガサスが大きく嘶いて翼を羽ばたかせた。

直後、首を真下に向けていたペガサスが、一気に急降下を始める。重力に引かれてとかいうレベルではない。凄まじい速さだ。

それもそのはずである。ペガサスは落下してるのではなく、下に向かって飛んでいるのだ。

そして、あっという間に地面との距離が近づき、残り一〇メートル程度のところで、俺はペガサスから飛び降りた。

「――ぁっ！」

湧き上がりそうになる悲鳴。

それを懸命に堪えて、真下にいる敵の姿を見据えた。

俺はその勢いのままに真上から体当たりするように赤のカード使いに掴みかかる。

「ぐえぇっ！」

互いのライフバリアがぶつかり合い、俺の勢いが大幅に減速した。そして、俺たちはもつれ合うように地面に投げ出される。

しばし地面を転がる俺たち。だが数秒後、俺は赤のカード使いの上に跨るように座っていた。

格闘技のマウントポジションだ。奇襲をかけた側と、かけられて混乱する側の差がモロに出た形である。相手は何がなんだか分からぬまま、見知らずの男に跨られているという状況だろう。

「はぁはぁ……」

荒い息を吐く俺を見上げながら、赤のカード使い――一〇代後半ほどの陰気な表情の青年が叫び声を上げる。黒髪黒目。やはり日本人だろう。

「な、なんだよお前ぇ！」

「俺は……お前の敵だよ！」

そして、俺は腰から抜いたナイフを大上段に構えると、思い切り振り下ろした。

ガギィィ！

振り下ろしたナイフが、男のライフバリアに弾かれる。

「ば、馬鹿が！　俺にはそんな物効かねーんだよ！」

顔面に思い切り振り下ろされたナイフを目の当たりにして、恐怖に顔を歪めた赤のカード使いだったが、すぐに通じないことを思い出したのだろう。勝ち誇った顔で叫ぶ。

ただ、それで分かった。こいつはまだ、俺が同じカード使いだと分かっていないらしい。まあ、俺が急降下してきたことなど知らないだろうし、後ろから飛び掛かられたとでも思っているのかもしれないな。

「無駄なことはやめて、どけよ！」

だが、相手にライフバリアがあることなど最初から分かっていた。

「――しっ！」

「や、やめろって言ってんだろ！」

「ふっ！」

「やめろぉ！」

俺は相手の言葉を無視して、連続してナイフを振り下ろし続ける。一発で1点のダメージだったとしても、最大二〇回振り下ろせば殺せる計算なのだ。いや、さっきの激突で少し減ったはずだから、一八、一七回くらいか？

「くそぉ！　このっ！」

男が暴れるが、俺を押しのけることはできない。こいつは特に武術の心得があるわけでもないらしく、体を捻ったり、足をバタバタさせる程度しかできていない。

対して俺は、クレナクレムに来た時よりも大分筋肉が付いたし、ゼド爺さんに武術の訓練もしてもらっている。この相手なら、絶対に逃さない自信があった。地道に鍛えてきた成果が出たな。

「主！　今助け――く！」

「主の邪魔はさせませんぞ！」

「な、なんでこんな幼女がこれほど強い！　それにその巨大な剣は……」

「隙ありですぞ！　ちょりゃあああ！」

護衛らしき相手は、ワフが抑えている。俺から見てもかなり強そうなんだが、ワフと互角であるらしい。まあ、ワフは散々強化されているからな。しかも今はツリーアーマーの能力でさらに＋1／＋1強化中である。見た目に反して、かなりの強さを秘めていた。

高速で動き回りながら、大剣を連続で繰り出す、犬耳幼女。見れば見るほど不思議な光景だ。

相手も同じ気持ちであるらしく、混乱して動きが鈍くなっているらしい。むしろその状態で今のワフと互角ってことは、相当強いってことだろう。ただ、相手が悪かったな。

他の兵士は、上空に戻ったペガサスから、ディシャル様とコボルトの狙撃弓兵が牽制してくれている。しばらくは邪魔が入ることはないだろう。

仲間の援護が期待できないと理解できたのか、赤のカード使いが焦った表情を浮かべる。やはり戦闘経験は少ないらしい。

「お、俺は神に選ばれた人間なんだぞ！　俺を殺したら、天罰が下るからな！　俺は勇者なんだ！」

自称勇者かよ……。まあ、神によって転生させられたし、そう思いたくなるのは仕方ないのかもしれない。俺だってこっちの世界に来てからの過ごし方次第では、こいつのような思い上がり野郎になっていたかもしれないのだ。

だが、残念だったな。俺も同じ転生者。自分が勇者なんぞからは程遠い存在だと、分かっている。本当に勇者だったら、村をこんな危機に陥らせることもなかっただろうしな。それに、白井を殺しても、天罰なんぞなかったよ。

「しっ！」

「やめろ！」

その後、ようやく自分の力を思い出したのだろう。すぐに手札を確認し始めた。そして、俺の八回目の攻撃の直後、切羽詰まった顔で叫んだのだった。

「[狐《きつね》の妖火《ようか》]！」

俺の全身を炎が包む。赤魔力1で使える1点ダメージの魔術である。確か、相手の種族が鬼や天狗だと、3点になるという効果があったはずだ。

「ひゃははは！　俺様の命令を聞かないからこうなるんだ！　クズが！」

耳障りな笑い声を上げる青年。しかし、すぐにその表情が凍りつく。

炎に焼かれたはずの俺が、平然とした顔で再びナイフを振り下ろしたからだ。焼けている部分もなく、一見するとダメージがないように見えるだろう。

実際、ライフバリアが1減っているだけだ。普通の人間であれば、何か特殊な魔道具で守ったとでも考えるかもしれない。しかし、俺たちカード使いであれば、すぐにその理由に気付けるはずだ。赤のカード使いも、俺の正体をようやく理解したらしい。

「え？」

「しっ！」

「お、お前……もしかして！」

驚きの顔のまま、固まっているな。

「はっ！」

「ちょ、ちょっと待て！　なんで！　俺たちは同じ……！　どうしてだよ！」

「お前が敵だからだ」

「て、敵！　お、同じ地球人同士じゃないか！」

その言葉が出るのは、分からないでもない。俺が逆の立場なら、同じことを言っているかもしれない。だが、それで俺の手が緩むことはなかった。俺はこいつの仲間を殺したし、こいつは俺の仲間を殺した。つまり、完全な敵同士。しかも、村を攻められている。

ここで俺が少しでも手心を加えれば、それが原因で手痛い反撃を加えられるかもしれない。また村に被害が出る可能性が高い。

そんなことになったら俺は自分が許せないし、死んだ村の仲間にも申し訳が立たない。

だから、俺はここでこいつを殺す。

「お前は敵だ」

「あああああ！　なんでだよぉぉぉ！」

叫んだ少年は、俺の顔を見て本気であると悟ったらしい。もがきながら、新たなカードを使用した。

「くっそぉぉぉ！　出てこい、焦熱地獄《しょうねつじごく》の粘体《ねんたい》！」

「プルルル！」

スペルではどうにもならないと感じたのだろう。今度はモンスターだ。

俺の右後方から魔法陣の光が立ち上るのが分かった。

首を捻って、確認する。そこにいるのは、バランスボールサイズの真っ赤なスライムだ。だが、スライムとはいえ侮っていい相手ではなかった。

その体から発せられる高温により、その体表からは陽炎《かげろう》が立ち上っている。普通の人間があのスライムに纏わりつかれたら、それだけで全身火傷は免れないだろう。

なるほど、なかなか厄介なモンスターを喚び出したな。

焦熱地獄《しょうねつじごく》の変異粘体《へんいねんたい》　モンスター：粘体
赤2　1／1　SR
■このモンスターは戦闘でダメージを受けない。
このモンスターと戦闘したモンスターは、戦闘後に1点のダメージを受ける。
このモンスターを生贄に捧げ、対象に2点のダメージを与える。
焦熱トークンが二つ乗った状態で召喚される：自ターン開始時に焦熱トークンを取り除き、トークンがなくなるとこのモンスターは破壊される。

戦闘では破壊されず、一方的に相手にダメージを与えられるモンスターだ。

一時期、赤デッキには確実に入り、カードショップで数千円の値が付いていたこともある強カードである。何せブロッカーとしても使え、一方的にダメージを与えられるうえに、最後はプレイヤーに2点も飛ばせるのだ。

俺も赤と緑のデッキで非常にお世話になっていた。

「こいつを殺せぇ！　スライム！」

「プルルル！」

その溶岩のような体を蠢かせながら、ゆっくりと這《は》い寄ってくるスライム。

ダメージ量も厄介だが、それ以上に今の状態を邪魔されてしまうのが一番嫌だった。せっかく必殺の体勢に持ち込んだのだ。

もしここで逃がしてしまったら？　次、仕留めるチャンスが来るかどうかも分からない。

「ちっ……」

どうすればいい？　赤のカード使いのマウントを取った状態で、後方にいるスライムを攻撃するのは難しい。そもそも、特殊能力のせいでまともにダメージを与えられるかどうかも分からない。

それはワフやコボルトたちも一緒だった。ワフの電撃の大剣であれば倒せる。しかし、ワフはカード使いの護衛とギリギリの戦闘を演じている最中だ。

とてもではないが、こっちを助ける余裕はない。

一縷《いちる》の望みはディィシャル様の使う攻撃魔術なんだが――。

ボグン！

「プル？」

ディィシャル様の放った風の球の直撃を受けても、スライムには変化がなかった。この世界の魔術に対する耐性があるのか、戦闘という行為扱いなのか。いや、多分スライムの持つ戦闘ダメージ無効は、物理的な攻撃に対する耐性ってことだろう。あのプルプルの体で衝撃を受け止めてしまうのだと思われた。

つまり、風の球の物理的なダメージが通らなかったのだと思う。

もっとこう、魔力そのものをぶつけるような魔術でもあれば通用すると思うが、それを伝えて実行してもらう前にスライムが俺に到達しそうだった。

数瞬対処を考え、俺は先程ドローしたあるカードを思い出した。迷っている暇はない。俺は即座にそのモンスターを召喚する。

「……『チェシャ猫《ねこ》』、召喚！」

「ウナァー」

魔法陣から緑と紫のケバケバしい色の猫が飛び出してくる。以前に何度もお世話になったモンスター、チェシャ猫である。

「チェシャ猫、スライムの動きを封じろ！」

「ウナー！」

「プル――」

チェシャ猫の第一の力。相手の動きを封じ、硬直させる能力が炸裂《さくれつ》した。

成功だ。スライムのプルプルとした動きが完全に止まる。

これならば戦闘ではないのでチェシャ猫へのダメージもなく、スライムをしばらくの間無効化できるのだ。チェシャ猫も動きを止めてしまうが、俺が相手を倒す間もてばいい。

「さて……」

「ひっ！」

再びナイフを振りかざした俺を見て、赤のカード使いは悲鳴を上げて顔を大きくひきつらせた。

こいつがスペルでチェシャ猫を攻撃すると厄介だと思っていたんだが、どうやら今ので魔力を使い果たしたらしい。もしくは、今使えるカードがないのだろう。

万策尽きた赤のカード使いが、再び懇願の叫び声を上げる。

「やめてくれよ！　なあ！」

「ダメだ」

しかし、俺はナイフを振り下ろす手を止めはしなかった。

「な、なんでもする！　あんたの仲間になるからさ！　お、俺があんたの仲間になれば、周りの連中を倒せるぞ！　な？」

今度は下手に出たか。まるで、凄く良いことを思い付いたとでも言うように、目を輝かせて俺を見つめる。

「つまり、俺の仲間になって、前の仲間を攻撃できるってことか？」

「そ、そうだよ！」

「そうか……」

だったら、余計に生かしておけないな。

俺は再び攻撃を再開した。

「ど、どうしてぇぇぇ！」

「命惜しさに仲間を簡単に裏切るような奴、信用できるわけないだろ？　どうせ俺のことも裏切るに決まってる」

見た感じ、まだ一〇代だろう。力を持って、少し調子に乗ったのかもしれない。

こいつがお人好しで、傭兵に上手く丸め込まれているだけだったりしたら、違う道があったのかもしれない。だが、この男は違うだろう。明らかに自分の意思で、傭兵団の仕事に加担している。つまりは、全く信用できなかった。だったら、ここで後顧《こうこ》の憂いを断つべきだ。

「や、やめてくれ！」

自らの眼前数センチのところでライフバリアに受け止められたナイフの切先《きっさき》を見て、赤のカード使いの顔が恐怖に歪む。

ジワジワと減っていくライフバリアを見て、改めて恐ろしさが込み上げてきたのだろう。その気持ちはよく分かる。俺も、コボルトのボスに追い詰められた時に同じ恐怖を味わったからな。どんな攻撃も防いでくれるバリアに対する全能感。それが絶対のものではなかったと思い知った時に知る絶望感。

こいつのように泣き喚《わめ》いても無理はなかった。みっともないとは思わない。むしろ同情する。しかし、手加減はしない。

「お前！　許さないからな！　お前みたいなクソ野郎なんて――」

赤のカード使いが、涙でグチャグチャの顔で聞くに堪《た》えない暴言を俺に向かって叫び続ける。

「や、やめろ！　やめろよ！　やめろやめろやめろ！」

そして、罵詈雑言《ばりぞうごん》のレパートリーが尽きたのか、余裕がなくなったのか。ただ「やめろ」を繰り返し始める。当然、俺がやめるはずもなく、カード使いの表情が絶望に彩られた。

「俺は！　神に選ばれたんだ！　アーンセルムは俺の力があれば、大丈夫だって！　お前ならできるって！　そう言ってたんだ！　今度こそ、特別になれるって！」

「しっ！」

「まてまて！　俺は神様から使め――いぎぃぃっ！」

ナイフを同じように振り下ろすこと一七回。俺のナイフが、赤のカード使いの顔に吸い込まれていた。ついにライフバリアが失われ、攻撃が通ったのだ。

「いぎがぁ――……」

戦闘用に鍛造された肉厚の大型ナイフが青年の左目を突き潰し、そのまま脳を深々と貫いている。即死だろう。

短くも耳障りな悲鳴を上げた名も知らない赤のカード使いは、すぐに全ての動きを止めていた。もう、反射による痙攣《けいれん》もない。完全に生命活動が止まっている。

「……俺の勝ちだ」

跨っていた赤のカード使いの遺体の上から立ち上がろうとするが、それも億劫《おっくう》に感じた。疲れた。体力的には問題ないけど、精神的にはもう疲労困憊《こんぱい》だ。

自分では仕方がないと言い聞かせていても、やっぱり同郷の人間を自分の手で殺しておいて、何も感じないというわけにはいかないんだろう。我が心のことながら、ままならないものだ。

体を持ち上げるために膝を伸ばそうとするんだが、いつもの何倍も体力を奪われる気がした。そうして立ち上がった俺を、恨めしそうな赤のカード使いの残された右の瞳が見上げている。

「ふぅぅ……」

自然と深いため息が漏れ出す。その直後、バインダーが強く光った。

いつもなら跳び上がって喜ぶはずの神々しい光を見ても、歓喜の念は湧いてこない。むしろ、まだ休ませてはくれないのかという、妙な苛立ちさえ感じた。

「……多分報酬の提示だろうな」

白井を倒した時と同じだ。勝利報酬が貰えるのだろう。

「やっぱり……」

バインダーを開いて確認してみると、やはりそうだった。見覚えのある文字が表示されている。

だが、今はまだ有効化しないことにした。

何せ、勝利報酬で貰えるものは魔力やポイントだけではないのだ。制限時間内にアンティルールで相手から奪い取るカードを選ばなくてはならない。今はそんな時間も余裕もなかった。

まだ周囲では戦闘が続いているのだ。スライムは問題ない。赤のカード使いの死亡と共に、その姿を消していた。勝利報酬を有効化せずとも、俺が勝利したことは間違いないからだろう。

とりあえず、固まったままのチェシャ猫を拾い上げようと手を伸ばす。

「よくや――」

「うがあああああああぁぁ！」

その直後、深い絶望の籠った咆哮が、俺の耳朶《じだ》を打った。

慌てて声の聞こえた方を振り向く。赤のカード使いの護衛だった男が、憤怒の表情を浮かべて俺に向かって駆け寄ってくるのが見えた。

ワフがやられてしまったのかと思い、背筋が一瞬凍りつく。だが、そうではない。未だに健在である。どうやら赤のカード使いが倒されたことに激怒し、ワフに背を向けてでも俺を攻撃することを選んだらしい。

当然ながらそんな隙をワフが見逃すはずもなかった。

「お前の相手はこちらですぞ！　ちょりゃああ！」

「ぐぉぉ！」

「なんとぉ!?」

ワフの目が見開かれる。護衛の男は、背後からの攻撃を間一髪躱してみせたのだ。

自分が背を見せた時、ワフがどう攻撃してくるか読んでいたらしい。ステータスではワフに軍配が上がるものの、戦闘技術や経験では男が上なのだろう。その動きは、俺たちの想像を超えていた。

それでも、大剣が頭に掠《かす》ったようで、ヘルメットタイプの兜が男の頭から弾《はじ》け飛ぶ。

「うがあああ！」

普通なら脳震盪《のうしんとう》を起こすくらいはしそうなものだが、男は叫びながら俺に突っ込んできた。

「主の！　エリオ様の敵ぃぃぃ！　があぁぁぁ！」

エリオ？　赤のカード使いの名前か？

「くっそ！」

男の振り下ろした剣を、間一髪体を捻って回避する。しかし、その直後に男の蹴りをくらい、大きく吹き飛ばされた。

「ぐぅ！」

ライフバリアが1減って、16になっている。

「き、貴様……！　やはり主と同じカードの……！」

男が、俺のライフバリアを見て、一瞬呆然とした顔をした。しかし、すぐに今まで以上の怒りの表情を浮かべ、剣を振り上げる。

「主！　その男！　ワフと同じですぞ！」

「なに？」

　ワフと同じって……。

「デッキケースの聖霊《せいれい》かっ！」

「そうだ！　貴様は、何故同じ境遇でありながら、我が主を殺したぁぁ！」

「くっ、敵だからだよ！」

　咄嗟に応えた俺の言葉に激怒した男が、問答無用で剣を突き出すが、それもなんとか躱す。怒りの余り動きが単調になっているからこそ、俺ごときでも回避できた。だが、これ以上は無理である。

「死ねぇぇ！」

「やらせはしませんぞぉ！」

「ワ、ワフ！」

「邪魔をするな小娘ぇ！」

　男の振り下ろした刃が今度こそ俺に直撃するかと思われたその時、ワフが電撃の大剣をなんとか間に割り込ませた。そのおかげで、男の攻撃は弾かれる。しかし、同時にワフの大剣も弾き飛ばされてしまっていた。ワフの手からすっぽ抜け、数メートル先に落下する。

　男は、ワフが脅威ではなくなったと判断したのだろう。ワフに背を向け、俺を睨みつける。

「お前だけは……！」

「こうなれば――ちょりゃああ！」

「くっ……！」

なんと、ワフが素手のまま男に飛びかかった。その背中に張り付いて、なんとか男の動きを邪魔している。男も振り解こうと必死だ。

ワフが剥がされてしまうのも時間の問題だろう。そうなれば、武器を失ったワフがピンチである。

「何か、武器は……！」

俺の持っていたナイフは、さっき蹴られた時にどこかへ飛んでいってしまった。ワフの大剣は俺には持ち上げられない。

ディシャル様たちはいない。俺が勝利したところを見届けた後、少し離れた場所で盗賊たちを攻撃していた。

「……そうだ！」

赤のカード使いは無手だったが、護身用の武器くらいは持っているだろう。

俺はそれを探すために、赤のカード使いの遺体に駆け寄った。

「何か……あった――？」

腰に吊ってあった短剣を見つけた直後、デッキケースが光っていることに気付く。

俺と同じように、腰のベルトに提げられたデッキケース。形も色も、俺の物とそっくりだ。

それが、淡い光を放っていた。それを見て、疑問が頭の片隅をよぎる。

カード使いが死んだ時にカードのモンスターは消滅したのに、デッキケースの聖霊が消滅しないのはなんでだろうか？　スライムは消滅したのだ。つまり、カードケースの聖霊は、存在するのにカード使いに依存しているわけではない？　そうカードケースだ。

つまり――。

「にょわぁぁ！」

「！」

ワフの悲鳴が響く。そして、ドサッという音とともに、ワフの体が地面に叩きつけられるのが見えた。ツリーアーマーのおかげで、あの程度は致命傷にならないだろう。しかし、背中を強かに打ちつけたせいで、身動きが一瞬止まっているらしい。

対する男は、すでに剣を大上段に振り上げていた。

「ちぃ！　これで、何か……！」

俺は咄嗟に、赤のカード使いの腰からデッキケースを取り上げた。そして、思い切り地面に叩きつける。この程度では傷もつかないが、俺の行為が男の目を引いたらしい。

「何をしている！　主から離れろぉ！」

俺が赤のカード使いの遺体に何かをしているように見えたのだろう。だが、俺はお構いなしにデッキケースを攻撃し続けた。足で踏んでもどうにもならない。そこで、カード使いの腰から短剣を引き抜き、何度も振り下ろす。一回、二回、ダメだ。しかし、諦めない。

「壊れろぉぉ！」

「お前――ちぃ！」

「お前の相手は、ワフですぞぉぉ！」

ワフが咄嗟に男の足にしがみ付く。

「まずはお前から、葬ってやる！」

「主はワフが守るのですぞぉ！」

もう少しだ！　何度も短剣の先端で突いている内に、デッキケースが歪んできた！

そして、三〇回目の攻撃を加えた、その時だ。ついにデッキケースの蓋にひびが入り、表面に小さな穴が開いた。

「ぐがぁ……あ、るじ――」

光が発せられることも、何か音が聞こえたわけでもない。

だが、デッキケースの破壊は、その聖霊にとっては致命的なことであった。

ワフに向かって剣を突き出そうとしていた男が、苦し気に呻き、その場で崩れ落ちる。直後にはその体が薄らと消え始めていた。まるで透明化しているかのように。

そして、十秒ほどでその体は完全に消失してしまったのだった。

その様子は、つい数分前に赤いスライムが消滅した姿によく似ている。

「ワ、ワフ……。すまん」

「？　どうして謝るのですか？」

「いや、だって、お前の仲間を……」

聖霊同士で殺し合いをさせたうえに、俺がワフの仲間に止《とど》めを刺してしまったのだ。

しかし、ワフは満面の笑みを浮かべていた。

「あはは！　何を言っているのでありますか！」

悲壮な表情をしているであろう俺の横で、ワフがカラカラと笑い声を上げる。

「ワフの仲間はジジ殿たち！　こやつは敵でありますぞ！」

「そ、そうか？」

「近しい存在だからというだけの間柄でありますから！　べつにどうと言うことはありませぬ！」

そこに演技をしている様子はなく、心の底からそう思っているようだった。ワフは超ドライだった。さすがだぜ。

それに、俺にとっては一つ嬉しいというか、心配事が減る事実も分かった。

俺が死んだところで、ワフも消滅するとは限らないってことだ。多分、カードケースさえ無事なら大丈夫なんだろう。

ワフを残して死ぬつもりはないが、なんとなくホッとしたのは確かだった。

「主？」

「いや、今は他の傭兵たちだな！」

「そうでありますぞ！」

そう。村ではまだ戦闘が続いているのだ。

「……よし。ここはこれだな！」

村から盗賊どもを一掃するためにも、強力なモンスターの力が必要なのだ。

「魔力が足りていないが……これを有効化すれば」

まずはバインダーを開き、対人戦勝利報酬以外の試練をタッチして有効化した。勝利報酬は後回しにするが、他にもいくつか試練を達成していたのだ。

「これで魔力をゲットできれば……！」

対戦相手のライフバリアをプレイヤー自身の攻撃によって総計20減らす：ポイント5、万能魔力3

対戦相手からのライフバリアへのダメージが、5点以内で勝利：ポイント5、万能魔力2

「は？」

ま、まじかよ。報酬がメッチャ多い。やっぱり神々は俺たち転生者が潰し合うように誘導したいのか？　だが、今は好都合だ！

俺は手札から一枚のカードを掴み取り、その名を叫ぶ。

「召喚！　［一枚岩《いちまいいわ》の精霊《せいれい》・ガルフ＝ナザ］！」

「ゴオオオォォォォ！」

俺の声に応えて現れたのは、この世界で最初に戦った強敵。岩猪の精霊ガルフ＝ナザであった。

魔法陣から出現した精霊が、周囲に響く咆哮を上げながら、俺の指示を待っている。

サイズは、岩甲殻の大犀と変わらないくらいだろう。体高は二メートル程度だ。だが、その身から発せられる威圧感は、圧倒的にガルフ＝ナザが勝っていた。存在の格が違うとでも言おうか？

改めて見ると、凄まじく強そうだ。全身に纏う岩石の甲殻。前方へと突き出した鋭く長い牙。その四肢《しし》はドラム缶などよりも遥かに太い。

しかも特殊能力まで備えているはずだった。

一枚岩の精霊・ガルフ＝ナザ　精霊
緑4　3／5　★
■緑1で再生。大地の中を移動できる。

魔術や気功でしか倒せないという精霊でありながら、緑1で再生までする。俺の魔力が尽きない限り倒されないのではなかろうか？　しかも、ガルフ＝ナザの真価はそこではない。

「やれ！」

「ゴオオオォオォ！」

「ぎゃあああ！」

「い、いきなり地面からっ……！」

俺たちも奇襲を許した、大地の中を移動する能力だ。ガルフ＝ナザは俺の目の前でその能力を発揮してみせていた。

地面の中から一気に伸び上がり、複数の敵兵をかち上げている。その姿を見ると懐かしささえ感じた。精霊かどうかは分からずとも、ガルフ＝ナザが尋常ならざる存在であるとは理解できるのだろう。周辺の兵士たちの目が、一斉に岩猪へと向いた。

「よし、今の内だ」

どうせ、この戦いが終わったら勝利報酬を有効化して、魔力を補充できる！　村を守るため、魔力を使い切るつもりでカードを使ってしまおう。まずはドローしたばかりの［大地の魔力］を使用し、緑魔力を生み出す。そして、俺は手札のカードを抜き放ち、使用した。

「［群狼］召喚！」

群狼　モンスター：獣

緑1＋X　1／1　UC
■召喚時、支払った緑魔力X分の1／1狼を召喚。

ガルフ＝ナザが個の強さであるならば、こいつらは数の強さだ。

奥の手用の魔力を残し、他は全部つぎ込んだ。その結果、大型犬サイズの狼が七体。俺の周囲に出現する。

「狼ども！　敵兵を倒し、村を護れ！」

「「「アオォォォン！」」」

1／1だが、狼たちは見事な連携で、兵士に襲いかかっている。混乱している敵兵相手には十分な戦力だ。

「ワフ！　ガルフ＝ナザと連携して、囲みを突破する！」

「了解でありますぞ！」

「ゴオオォォ！」

まずはゼド爺さんたちに合流しよう。

「このまま――む？」

走り出す直前、複数のカードが戻ってきたのが見えた。

バインダーを開いて確認すると、バルツビーストや、［灰色狼］だ。どうやら火炎王の結界石に囚われていたモンスターたちが解放され、傭兵団の本隊と戦闘になったらしい。

同時に、さらに試練が達成されているのも確認できた。この数分で条件を満たしたのだろう。

モンスター五〇匹召喚：ポイント2
試練達成一一〇：ポイント1、万能魔力1
モンスターを使い、大量の人間を殺傷する：ポイント2、万能魔力2
戦場にて、一定数の敵を撃破する：ポイント2、万能魔力2

人間を殺す系の試練がここ数日で大量に達成できてしまったな。転生者同士、人間同士で殺し合いをさせたがっているのかと思ったが、単純に戦いに身を置かせたがっているのだろうか？

人、魔獣、生物を殺せば達成される試練が非常に多い。戦い、殺し、魔力を得てカードを使用し、その力で再び戦う。そんなサイクルを熟《こな》すことを、セルエノンがご希望ってことなのかもしれない。

「えーっと、これでまた魔力が補充できたんだ。このカードも使えるな！」

より早く勝利を決定づけるため、俺は手札に溜めこんでいた切り札の一枚をここで使うことにした。召喚したのは、青白い半透明のドラゴンだ。

幻影の竜　モンスター：幻想
白4　4／0　C
■飛行、生命力が0以下でも破壊されない。
召喚されてから一時間後、生贄に捧げなくてはならない。

「ガオオオォッ！」

「ふ、不思議な姿だな」

まるで幽霊か蜃気楼《しんきろう》のような姿をしたドラゴン。不思議なほどに存在感がない。プロジェクションマッピングで霧か何かにドラゴンを投影しているのかと思うほどだ。

それでいて、声はこのドラゴンが発していることが分かった。

この不可思議な竜が戦えるのか？

心配する俺の前で、ドラゴンが半透明の巨体をくねらせながら敵の兵士たちに向かって駆け出す。足音はしない。それどころか、その巨体が走っているにもかかわらず、一切の振動さえなかった。

やはり物理的な攻撃力はないのか？　そう思ったのだが――。

「ぎゃあっ！」

「ぎいいいぃ！」

幻影の竜に突進された敵兵たちが、トラックに衝突されたかのようにぶっ飛んでいた。やはり物理的な攻撃力を持つらしい。

「ガアアアアア！」

幻影の竜が目の前の兵士に噛みつく。

グチャリ。

生々しい音とともに、その体が噛み潰される。幻影の竜が半透明なせいで、その口の中で憐《あわ》れな兵士がすり潰される様が見えてしまった。それでいて、敵兵が無我夢中で突き出す槍は、半透明の体をすり抜ける。悪夢と言うほかないだろう。

幻影の竜の攻撃だけが相手を殺傷し、敵からの攻撃は全て素通りなのだ。

ガルフ＝ナザの威容《いよう》に腰が引けていた敵兵は、幻影の竜の登場で完全に戦意を失っていた。勝てないと悟り、背を見せて逃げ出し始めたのだ。

「主！　敵が逃げてしまいますぞ！」

「追わなくていい。むしろ、自分で村から出ていってくれるなら好都合だ」

「そうでありますか？　まあ、そうですな。死兵にでもなられては被害も増えますしな」

「そういうことだ」

俺は逃げる者は放置して、モンスターたちとともに村の中の敵を掃討《そうとう》していく。

そうして村の中を進んでいると、前から鎧を着込んだ男たちが歩いてきた。だが、敵ではない。

「カグート！　血だらけじゃないか！」

「トールさんか……。ちょいとヘマしちまってなぁ」

「今止血しますぞ！」

「ロイド、こっちに寝かせてくれ」

「ああ」

血塗《まみ》れのカグートに肩を貸していたのは、ロイドであった。自分が血に濡れるのにも構わず、カグートの傷を押さえてなんとか血を止めようとしている。

俺はそんな風に他者を気遣うロイドを見て、軽く驚きを覚えていた。今のロイドがカグートを見る目には、不安や心配の色がハッキリとあるように思える。

「ロイドが、こんなに強いとは思ってなかったぜ……。助かった……」

「違う。俺が助けられたんだ」

話を聞くと、囲まれていたロイドを助けるために、カグートが身を挺《てい》したらしい。そのおかげで敵の囲みが崩れ、逃げ出すことができたそうだ。

ロイドは元々気功が使える。しかも、幼い頃から戦闘訓練に明け暮れていたのだ。自分の意思で戦えるようになれば、この村でも上位の力はあるのだろう。

「むぅ。なかなか傷が深いですな」

「カグートさんは、助かるのか……？」

そう尋ねるロイドの顔に浮かぶのは、仲間を心配する青年の表情だ。本当に、変わったらしい。

俺たちがこの村に来た頃は、まだそんなそぶりはなかったと思うが……。

いや、俺たちもロイドの兄を殺してしまったという負い目があるせいで、そこまで深くは関わらずに来てしまった。そのために、ロイドの変化に気づかなかっただけかもしれないな。

本当は、少しずつ人として大事なものを取り戻しつつあったのだろう。

「傷口はポーションでなんとか塞ぎました。このまま安静にしていれば、命に別状はないのですぞ！」

「そ、そうか」

「ただ、ここでは安静とはいきませぬ。早々に安全な場所に移さねば！」

周囲は敵だらけなうえに、未だに戦いが続いている。確かにここでは安静に体を休めることなど不可能だろう。

「村の外の方がいいか？」

「そうですな。どこか隠れる場所が――」

「キョオオオオオオオォォォォォ！」

「うわっ！」

「わう！」

カグートをどこで休ませるか相談していると、耳障りな金切り声のような音が辺り一帯に響き渡った。背筋がゾッとするような感覚に、俺たちは思わず身をすくませる。

「な、何の音だ……？」

「主っ！　あそこですぞ！」

ワフが上空を指さしている。釣られて空を見上げると、その先には不思議なモノが浮かんでいるのが見えた。まるでタコだ。それも空を飛ぶ玩具の凧ではなく、足が八本の気味の悪い方の蛸である。黄色の肌に赤い斑点が浮かんだ不気味な姿の蛸が、羽ばたきもせずに宙に浮かんでいた。

「馬鹿な……。なんでアレが……」

「ぶ、不気味ですな！　主はご存じなのですか？」

「ああ。間違いない。カードのモンスターだ！」

《MMM》のモンスター、黄色《きいろ》い風《かぜ》の奴隷《どれい》で間違いなかった。

黄色い風の奴隷　モンスター：幻想
黄3　1／2　R
■浮遊、黄2：ターン終了時まで挑発を得る。

確かこんな能力だったはずである。だが、問題は能力ではなく、その存在そのものだった。

「カード使いは倒したはずだ！　なんでアレがまだ召喚されたままになってるんだよ！」

「ああ！　ペガサス殿が！」

「さっきの絶叫は挑発能力か？」

挑発は、敵の攻撃を惹きつける効果がある。その能力に影響されたのか、ディシャル様たちを乗せたペガサスが、黄色い風の奴隷に突っ込んでいくのが見えた。

ただ、能力的に見れば問題ない。ディシャル様の魔術に加え、遠距離攻撃もできるコボルトの狙撃弓兵も乗せているのだ。それでも心配が勝ってしまうのは、相手が何故存在するのか理解できないという不気味さのせいだろう。

見守る俺たちの前で、ディシャル様たちの攻撃が放たれる。その一撃は黄色い風の奴隷に見事に命中し、そして大爆発を起こしていた。

ドゴオオオォォォオ！

「うわぅ！」

周囲に散った爆炎が、暗い村を花火のように明るく染める。ワフが耳を押さえてうずくまってしまうのも仕方ないだろう。それほどの大爆発だった。

何が起きた？　黄色い風の奴隷にあんな能力はないはずだが……。魔術のせいなのか？　いや、一つだけ思い至った可能性がある。スペルの効果だ。挑発能力をもったモンスターに、死に際に発動する能力を付与し、あえて敵に殺させるという戦術がある。それではなかろうか？

「幻影の竜！　ディシャル様たちを助けろ！」

「ガオオオオ！」

僅かに離れていたのに、ペガサスがカード化したのが見えた。それほどの爆炎が周囲にまき散らされたのだろう。ディシャル様たちは無事なのか？　幻影の竜が落下してくる人影を受け止めるのが見えた。だが、まだ無事かは確認できない。本当ならすぐにでも駆け寄りたいんだが……。

「主！」

「ああ、見えてるよ！」

新たに現れた影を警戒せねばならなかった。

それは、虹色の翼を持った、馬ほどのサイズの巨大なハチドリだ。外見は可愛いが、それに騙されていはいけない。凶悪な能力を持ったモンスターなのだ。

そして、その上には一人の少女が跨っていた。黒い髪をポニーテールにした、一〇代半ばほどのやや地味目な印象の少女である。

だが、その顔を見て俺は再び背筋が凍りつく想いを味わっていた。まるで般若《はんにゃ》のように、憤怒に歪んでいたのだ。

「エリオ君をよくも殺したなっ！　許さないぃぃっ！」

エピローグ

「アーンセルム。これで僕の二勝〇敗だね？」

「セルエノン……」

「君たちが余りにも嘆くから、せっかく同じ条件で二度目のチャンスを与えたっていうのに。本当に期待外れだよ」

「ぐ……」

「転生者同士の繋がりを利用して、二人も呼び出したのは素直に称賛《しょうさん》できるけど……。上手くやったね。二人で一人っていう扱いなんだろうねぇ」

「その通りよ」

「まあ、メチャクチャ歪《いびつ》だけど。自己愛を拗《こじ》らせている男と、その男に依存しきって全て委《ゆだ》ねる女。歪過ぎるからこそ、あれだけカッチリ嵌まるのかな？」

「否定はしないわ。確かに、あの二人の関係は歪。でも、そうでなくては、あの二人を同時に転生させるなんてできなかったわ」

「それにしても、地球で同時に死んだのかい？　君、もしかして——」

「変な勘繰りはよしてちょうだい。エリオが昔捨てた女に刺されて死んで、彼女は復讐を果たしてからその後を追っただけよ」

「はは、どちらも、死後も一緒になるとは思ってなかっただろうねぇ。しかし、数は力というのは分かるよ？　でも、多ければいいってもんじゃないでしょ？　特にあの少年。あれじゃ、ミスティアの喚んだ白井の劣化版じゃないか。別に、彼女だけでも良かったんじゃ？」

「主役は彼女よ」

「ふふふ。一見すると、彼が主で、彼女が従に見えるけどね」

「でも、違うわ。あなたにだって分かるのではなくて？」

「そうだね。彼女はなかなかいいよ。面白さならトールに匹敵《ひってき》する人材だ。カードの知識があり、自らの不足を知る弱者。それでいて、愛する者以外には冷酷非情で、無関心」

「私は愛の神。全ての愛を肯定するわ。博愛も素晴らしい。でも、自らの僅かな愛を、ただ一人に注ぐ姿もまた尊いのよ。そして、その愛を向ける先を奪われた彼女は……」

「彼女は激怒している。愛する者を殺されて。その復讐心は凄い力を生み出すだろうね？」

「ええ。地球でもそうだった。きっと、彼女が勝つわ」

「もしかしてエリオ君は、そのために連れてきたんだ？　そういえば、彼に色々と吹き込んでたよね？　勇者だーとか。選ばれし者だーとか。彼の性格なら、絶対に暴走するはずさ。そして、その暴走の果てには……怖い怖い。愛の神様のくせに」

「エリオが自制し、その力を使って本当に勇者となる可能性だってあったわ。私とて、それを願っていた」

「でも、そうなる可能性は低いと思ってたんだろ？」

「混沌の王を倒すため。あなたとの賭けに勝ち、主導権を取り戻すためよ。それに、愛というのは決して綺麗で良いことだけのものではない。時には、悲劇や血を伴うものなのよ。そして、それを乗り越えた時、想像もつかない力を発揮する」

「なるほどねぇ。くくく。それは面白そうだ！」

「……あなた、そればっかりね」

「ふふふ。それが僕だから！　さて、トール君はどうするのかな？　楽しみで仕方がないね！」

「……人のことは言えないけれど、あなたに召喚されたあの人間がかわいそうになるわ……」

あとがき

こんにちは。初めましての方も、そうでない方も、よろしくお願いいたします。

あとがきが苦手な棚架ユウと申します。

毎回、何を書けばいいのか迷うんですよねぇ。

困ったものです。


三巻に引き続き、四巻もかなり間が空いてしまいましたが、新刊を出させていただくことができました。これも応援してくださった読者様方のおかげです。

書いている期間にちょうど新型コロナウィルスの流行が重なってしまい、いつもとは全く違う環境の中での執筆でした。作者のモチベーションや気分というのは、作品にモロに影響するものですね。

かつてない程の難産でした。筆が進まない進まない。

そんな風に苦労して書き上げたこの作品が、読者様の暗い気持ちを吹き飛ばす一助となるのであれば幸いです。

また、三巻のあとがきでお知らせさせていただいた、コミカライズ作品のＷＥＢ連載も始まっております。

既に読んでいただいた読者様もいらっしゃるでしょうか？

活字とはまた違った魅力がありますよね。それどころか、七月にはコミックス第一巻が発売されるそうですよ？

当作品ともども応援をお願いいたします。


ここからは毎度恒例のお礼の言葉を。

数々の助言をしてくださる編集様。おかげで書き上げることができました。

四巻の発売を決定してくださったぶんか社様。感謝しております。

いつもいつも、想像以上に素晴らしいイラストを描き上げてくださる、絵師のりりんら様。今回はワフだけではなく、ディシャル様も素晴らしいです。

多くの友人知人たち。励まされていますよ？

忘れてはならないのが、読者の皆様。あなた方がいなければ、この小説は続きません。ありがとうございます。

そして、この小説の出版に関わってくださった全ての方々に、御礼申し上げます。

BKブックス

デッキひとつで異世界探訪 4

2020年6月20日　初版第一刷発行

著　者　棚架《たなか》ユウ

イラストレーター　りりんら

発行人　大島雄司

発行所　株式会社ぶんか社
〒102-8405　東京都千代田区一番町29-6
TEL 03-3222-5125（編集部）
TEL 03-3222-5115（出版営業部）
www.bunkasha.co.jp

装　丁　AFTERGLOW

編　集　株式会社 パルプライド

印刷所　大日本印刷株式会社

ISBN978-4-8211-4558-4